NOUVELLES REMARQUES CRITIQUES

SUR

LE DICTIONNAIRE UNIVERSEL

Publié par Messieurs Basnage de Bauval
& Huet *Ministre Réformé.*

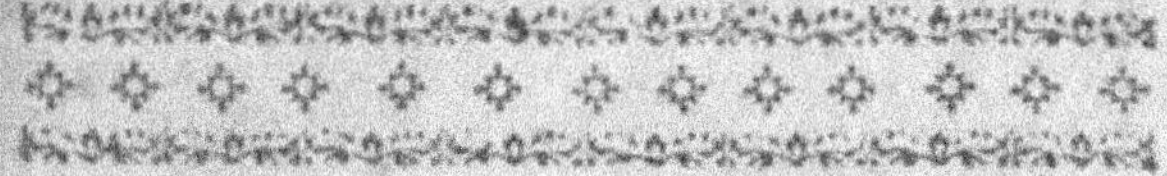

RÉPONSE

A LA LETTRE DE M. BASNAGE,
*insérée dans le Journal des Sçavans
du Lundy 11. Juillet 1701.*

JE n'aurois jamais crû, Monsieur, que vous fussiez l'Auteur des fautes qui font répanduës dans la nouvelle édition du Dictionnaire universel, si vous ne me l'appreniez vous-même. Je conviens avec vous que les RR. Journalistes de Trevoux vous ont épargné. Ils auroient pû en effet vous témoigner quelque ressentiment, se voïant si mal-traitez dans vôtre nouvelle édition. Etoit-il necessaire que vous y ajoûtassiez sur le mot d'*adoucissement* ces paroles sous le nom de Pascal? *Les adoucissemens de la Confession sont les meilleurs moïens que les Jesuites aient trouvez pour attirer le monde.* Rendez-vous justice au R. P. Bouhours qui nous a donné de si belles remarques sur nôtre Langue? quand vous dites de lui aprés Cleanthe : *Le livre du P. Bouhours est d'un stile affecté, flatté, peint, de nul usage, un pur artifice.*

Je viens à la Lettre dont vous vous plaignez, & qui a esté fourrée, dites-vous, par l'Imprimeur dans les *Memoires*. Il est bon que vous sachiez qu'elle avoit couru dans Paris en manuscrit, avant que d'être inférée dans ces Memoires. Elle a été écri-

A ij

te par une personne à qui un de ses amis
avoit envoïé vôtre nouvelle édition, pour
lui en marquer son sentiment. Ainsi il n'y
a eu de ce côté là ni aigreur, ni chagrin.
On ne songeoit nullement à la rendre publique. Comme elle a été entre les mains
de plusieurs personnes avant que d'être
imprimée, on y a fait quelques additions
qui ne sont point de la premiere main.
Mais aprés tout, cette Lettre n'est point
un libelle : elle a été approuvée telle qu'elle
est par un habile Docteur qui a été nommé
pour revoir ces Memoires, afin qu'ils ne
continssent rien qui ne fût dans l'ordre &
dans la bienséance. Aussi a-t-elle eu l'approbation de tout Paris. La seule chose
qu'on y a trouvé à dire, c'est qu'elle n'est
pas assez longue. On souhaite de voir un
livre entier sur cette matiere. Si les Ma-
gistrats empêchent l'entrée de vôtre nouvelle édition dans le Roïaume, vous devez en rejetter toute la faute sur vous-
même.

Mais les exemples, dites-vous, *où j'ai fait
paroître quelque partialité, sont si rares, que
pour ramasser ceux que l'on me reproche, il a
fallu que l'on n'ait parcouru le Dictionnaire que
dans cette unique intention.* C'est en quoy
vous vous trompez ; & cela seul me feroit
juger, que ce qui a été fourré dans le
Dictionnaire universel pour appuïer le
Calvinisme, n'est point de vôtre main. Il
y a bien plus d'apparence qu'il vient de
quelque *Prédicant* qui avoit la tête rem-
plie des livres de vos Ministres. Quelle
necessité y avoit-il d'ajoûter sur le mot

abuser, ces paroles de M. Claude : *Les Ec-
clesiastiques n'ont que trop abusé de la sotte
crédulité des peuples.* Sur le mot *accident*, on
a mis ces autres paroles du même Ministre :
*Si le rapport du sens est fidele sur les acci-
dens du pain dans l'Eucharistie, pourquoy ne
le sera t-il pas aussi à l'égard de la substance ?* On ajoûte encore sur ce même mot
ces paroles qu'on rapporte sous le nom de
M. Jurieu : *C'est le dogme de la transsubstantiation qui a engagé les Scholastiques à soûtenir que les accidens peuvent subsister sepa-
rément de leurs sujets.* N'est-ce pas aussi par
un pur entêtement pour le Calvinisme,
que sur le mot d'*acquerir*, on a mis ces
paroles sous le nom du Ministre Claude :
Dans le VIII. *siecle les Reliques acquirent la
vertu de chasser les demons & de guérir les
impotens ;* ce qui est une imposture manifeste de ce Ministre.

   Tous ces exemples, comme vous voïez,
se présentent dés le commencement de vôtre nouvelle édition. Ils ne sont donc pas si
rares que vous vous l'imaginez. Le mot de
Canonisation n'étoit-il pas suffisamment expliqué dans la premiere édition de ce Dictionnaire ? Par quel motif y avez vous
ajoûté ces autres mots, qui sont de M. Claude ? *La Canonisation est une récompense ha-
bilement imaginée à Rome pour encourager le
zele des moines & des devots.* Je dis la même
chose du mot de *Couvent*, que l'Abbé Furetiere a fort bien expliqué. Il n'étoit pas
necessaire d'y ajoûter ces paroles du Ministre Jurieu : *Les Couvents sont autant de
citadelles que Rome a bâties dans tous les*

Etats pour y soûtenir son autorité, & s'y soumettre les consciences.

S'il est vrai que vous n'aïez pas entrepris un livre de controverse, comme vous l'assurez, pourquoi avez-vous fait entrer dans vôtre nouvelle édition tant de Calvinisme hors de propos ? Sur le mot de *Chréme*, on trouve dans la premiere édition les differentes significations de ce mot tirées du Glossaire de M. du Cange, que Furetiere n'a fait souvent que traduire de Latin en François. Vous ne vous êtes pas contenté de cela. Vous y avez ajoûté de vôtre chef à l'occasion du mot d'*Extreme-onction*, ces paroles qui sont d'un bon Protestant : *cette cérémonie est fort ancienne, & même d'institution Apostolique : avec cette différence pourtant que cette onction n'étoit point administrée par les Apôtres comme un sacrement, mais seulement comme une cérémonie à la présence de laquelle Dieu operoit la guérison du malade.* On lit cependant sur le mot d'*Extreme-onction*, tant dans la nouvelle édition que dans l'ancienne, que l'*Extreme-onction est un sacrement de l'Eglise le sixiéme en ordre.* Cette contradiction se trouve en plusieurs autres endroits du Dictionnaire réformé. Le Réformateur qui y a inséré son Calvinisme n'a retouché qu'à demi ce Dictionnaire : & c'est ce qui fait que par une étrange bizarerie tantôt il est Catholique, & tantôt Calviniste.

Voici encore un exemple qui vous convaincra que ceux qui ont mis la main à la nouvelle édition du Dictionnaire universel ont agi par un esprit de faction & de cabale. Sur le mot d'*Iconoclaste*, on lit dans

l'édition de l'Abbé Furetiere : *Iconoclaste*,
briseur d'Images. L'hérésie des Iconoclastes a
long-tems affligé l'Eglise d'Orient : elle vou-
loit détruire la vénération des Images de Dieu
& des Saints , & briser toutes les figures &
réprésentations dans les Eglises. Au-lieu de
ces mots , il y a dans vôtre édition : *Ico-*
noclaste , briseur d'Images. L'Eglise Romaine
qui fait de la vénération des Images & des
Reliques une des parties les plus considerables
de son culte , & que l'on peut appeller pour
cet effet Iconolâtre , regarde les Iconoclastes
comme autant d'Hérétiques qui ont long-tems
affligé l'Eglise d'Orient , parce que ces Icono-
clastes vouloient détruire la vénération des
Images de Dieu & des Saints , & briser tou-
tes les figures & réprésentations dans les
Eglises.

Il n'y a qu'un outré Controversiste qui
puisse parler de la sorte. Premierement il
n'est pas vrai que l'Eglise Romaine fasse
de la vénération des Images une des parties les plus considerables de son culte.
Ce culte selon plusieurs de ses Théologiens est plutôt de discipline que de doctrine : *Res est disciplinæ , non doctrinæ.* Il est
vrai qu'elle regarde comme des Hérétiques
forcenez ceux qui brisent les images &
les réprésentations qui sont dans les Eglises. Mais les Luthériens d'Allemagne qui
conservent encore aujourd'hui les Images
dans leurs Temples , n'ont-ils pas traité de
furieux les Calvinistes qui ont brisé ces
Images dans plusieurs Eglises de France ?

En second lieu , peut-on dire qu'on se
soit abstenu des termes injurieux , lorsqu'on

traite d'*Iconolatre* le culte qu'on rend aux Images dans l'Eglise ? N'est-ce pas dire clairement que tous les Catholiques sont de vrais Idolatres ? C'est à la vérité ce que vos Ministres débitent au peuple dans leurs Prédications. Mais ce reproche injuste devoit-il trouver sa place dans un Dictionnaire ? Apprenez donc, si vous ne le savez déja, que les Catholiques ne rendent point aux Images un culte de Latrie. Nos Théologiens aprés saint Augustin parlent du culte de Latrie, comme d'un culte qui ne se rend qu'à Dieu seul. Les Grecs mêmes qui ont beaucoup plus de vénération que les Latins pour les Images dans ce qui regarde l'exterieur, ne se servent jamais en cette occasion du mot de *Latria*, mais de celui de προσκύνησις, qui marque une simple vénération. Les uns & les autres ne sont donc point des *Iconolatres*.

Le mot *Iconolatre* a été si fort du goût dés Réformateurs du Dictionnaire universel, qu'ils ont jugé à-propos de l'ajoûter à leur nouvelle édition, & d'en faire un article séparé. *Iconolastre*, disent-ils, *ou Iconolâtre, S. M. qui vénére, qui adore les Images*. Cet Iconolastre écrit avec la lettre *s*, & qui ne peut être en cet endroit une faute de l'Imprimeur, est quelque chose de bien singulier. On jugera par là quelle est la capacité de ces Réformateurs. Et parce qu'ils ne savent pas d'une maniere commune la Langue Françoise, mais par principe, ils ont eu soin de marquer sur la lettre *a* un chaperon, ou circonflexe : *Iconolâtre*, pour indiquer la lettre *s*. Pour-

quoi n'ont-ils pas mis auſſi dans leur nouvelle édition *Idolaſtre*, ou *Idolâtre?*

Ce ſont là ſans doute des fautes bien
groſſieres, & qui ne tombent point ſur
l'Abbé Furetiere. Il vous eſt permis de
traiter de bagatelle & de rejetter ſur lui
ce qu'on lit ſur le mot de *Confeſſion*, qu'on
dit être *le Sacrement de pénitence.* Vous deviez ſavoir que le Manuſcrit de M. Furetiere étoit une copie pleine de fautes. Il
étoit du devoir de ceux qui ſe vantent
d'avoir retouché, ou refondu preſque tous
les articles de ſon Dictionnaire, d'en ôter
certaines abſurditez qui ſautent aux yeux,
& qui ne peuvent pas être de l'Auteur. Je
mets au nombre de ces abſurditez évidentes
ces mots : *La Confeſſion ſacramentale eſt le
Sacrement de pénitence.* Il y avoit apparément
dans ſon original : *La Confeſſion ſacramentale
regarde le Sacrement de pénitence,* ou quelque
choſe de ſemblable. Quoique l'Abbé Furetiere ne fût pas Docteur de Sorbonne, il
ſavoit au moins ſon Catéchiſme. Il ne
pouvoit pas faire un Sacrement de ce qui
n'en eſt qu'une partie. Il a donc parlé de
la Confeſſion ſacramentelle de la même
maniere qu'il a parlé de l'Abſolution ſacramentelle, qui ſelon lui eſt une partie
du Sacrement de pénitence. Mais par une
étrange bizarrerie, on lui fait dire dans la
nouvelle édition que l'*Abſolution eſt un des
ſept Sacremens de l'Egliſe Romaine.* Dans les
endroits, où cet Abbé parle éxactement,
on change ſes paroles en un galimatias.
On les garde au contraire en d'autres endroits, où il y a des fautes manifeſtes de

Copiste ou d'Imprimeur. Et pour excuser
de si grandes bevûës, vous dites que vous
avez gardé les expressions de l'Auteur
qui devoit savoir le langage de sa Religion.

A vous entendre parler dans vôtre
Préface vous avez tellement refondu le
Dictionnaire de M. Furetiere, qu'il y est
resté peu d'articles qui soient entiers. Si c'est
l'Imprimeur qui parle, je n'ai rien à dire.
Car il est permis à un Marchand de faire
valoir sa marchandise. Je lis dans vôtre
édition presque toutes les fautes qui sont
dans l'ancienne. Vous avez conservé reli-
gieusement jusqu'à celles qui sont mani-
festement ou du Copiste, ou de l'Imprimeur. On lit également dans les deux
éditions sur le mot *biscuit* : *La soude est le
lieu, où l'on garde le biscuit dans les Vais-
seaux*. Il est évident qu'il faut lire *Soute*,
& non pas *Soude*. Sur le mot *Maccaronique*, on lit dans les deux éditions : *Mascurat prétend que Folengi est l'inventeur de
la Poësie Maccaronique*. Il y avoit sans
doute *Mascurat* dans l'original de l'Abbé
Furetiere, comme il y a dans le livre de
Naudé, d'où cet article a été pris. M. Baile
a remarqué judicieusement dans sa Dissertation sur l'Hippomane, que ceux qui com-
posent des Dictionnaires prennent plus
à tâche de compiler de nouvelles choses, que de corriger les fautes des précé-
dens.

Vous ne pouvez encore souffrir qu'on
ait traité de ridicule une bonne partie
de ce que vous avez mis dans vôtre nou-

velle édition sur le mot *Abba*. Vous dites que ces fautes ne tombent point sur vous ; qu'elles sont de l'Abbé Furetiere, & que vous ne vous glorifiez point d'entendre le Syriaque. Au moins doivent-elles tomber sur ceux, qui se glorifient dans leur Préface d'avoir corrigé l'ancienne édition avec beaucoup de soin. On ne vous fera pas un crime de ne point entendre les Langues Orientales. Mais l'on est toûjours en droit de reprocher à ceux qui ont entrepris de corriger l'ouvrage de Furetiere, de ce qu'ils y ont non seulement laissé des fautes grossieres en ce genre-là, mais de ce qu'ils y en ont ajoûté de nouvelles dans le même genre.

Quand on vous a réprésenté, que pour parler en bon Grammairien, il ne faut point mettre au nombre des articles la particule *à*, lorsqu'elle est devant le Datif en nôtre Langue, on ne l'a fait que parce que vous témoignez dans vôtre Préface, que vous avez associé à vôtre travail une personne qui sait la Langue, non comme on la sait d'ordinaire par l'usage seulement, mais par regle & par principe. Or l'on vous a marqué des regles & des principes qui font voir que la particule *à* devant le Datif est une simple particule, & non un article. Je veux bien que cette remarque soit une minutie grammaticale. Mais en matiere de Grammaire tout y paroît minutie. Aussi les Juifs appellent-ils la Grammaire *Dikduc* en leur Langue, c'est-à-dire : *Subtilité.*

Mais ces sortes de minuties, ou subtilitez de Grammaire sont souvent de quelque importance en leur genre, & elles ne
doivent point passer pour de pures minuties dans un Dictionnaire.

S'il est vrai que ceux qui ont réformé
le Dictionnaire universel n'ont point agi
par un esprit de partialité, quelle raison
peuvent-ils avoir d'y avoir interé un si
grand nombre d'articles qui sont purement Calvinistes ? Je vous avoue que
dans la définition du mot de *Calviniste*,
le nom d'*Hérétique* est demeuré dans vôtre édition. Mais il n'est pas mal aisé de
voir que c'est un de ces mots qui ont
échappé aux Réformateurs, & pour lesquels on demande excuse dans la Préface.
Il y a dans la nouvelle édition plusieurs
exemples d'une semblable négligence. La
précipitation avec laquelle on y a travail-
lé n'a pas permis qu'on y fût exact ; & c'est
ce qui fait que même sur le Calvinisme on
corrige en un endroit des choses qu'on
laisse en d'autres.

Au reste vous êtes admirable quand
vous prétendez que vous n'avez point
changé le nom d'*Eglise Romaine* en celui
d'*Eglise Catholique*, pour lui contester en
Controversiste le titre de *Catholique*; mais
parce que le nom d'*Eglise Romaine* est le
plus connu. S'agit-il de fautes grossieres qui
sont dans l'ancienne édition, & qui viennent plûtôt des Copistes, que de l'Auteur ?
Vous les laissez ces fautes, & pour vôtre
défense, vous dites que l'Abbé Furetiere
a dû savoir le langage de sa Religion.

Ici au contraire vous vous donnez la liberté de changer le mot d'*Eglise Catholique* en celui d'*Eglise Romaine*, comme-si cet Abbé ne s'étoit pas bien exprimé en matiere de Religion. Il n'y a qu'à jetter les yeux sur tous les endroits où l'on a affecté le mot d'*Eglise Romaine*, pour juger de l'intention de ceux qui l'ont emploié. Si vous voulez qu'on ne vous reproche plus d'avoir metamorphosé un Abbé en un Ministre Calviniste, avoüez de bonne foi que ces changemens & ces additions sont du Ministre Huët, dont vous avez fait l'éloge dans vôtre Préface. Profitez des avis du Censeur anonyme, qui n'a point eu dessein de vous chagriner. Il seroit difficile de trouver des exemples de pareilles corrections dans des Dictionnaires. Sur ce pied-là un Socinien qui entreprendroit une nouvelle édition du Dictionnaire universel, seroit en droit de l'habiller à la Socinienne. Je suis, Monsieur, &c.

A Paris, le 13. Juillet 1701.

RÉPONSE

A LA LETTRE DE M. HUET,
Miniſtre Réformé, qui a été inſerée dans le Journal de Trévoux imprimé à Amſterdam.

VOus auriez mieux fait, Monſieur le Réformateur, de mépriſer la piece qui a été inſérée dans le Journal de Trévoux, que de faire le boufon, en y répondant par de fauſſes plaiſanteries. Moliere, que vous appellez à vôtre ſecours dés le commencement de vôtre Lettre, m'apprend quel eſt le fond de vos études. Je ne ſuis plus ſurpris de voir, que dans la nouvelle édition du Dictionnaire univerſel, vous y paroiſſiez un véritable comedien. Marot, Moliere & autres ſemblables écrivains, ſont vos grands auteurs. Vous avez plûtôt ſongé à divertir vos lecteurs, qu'à les inſtruire. C'eſt ſans doute par un eſprit de Réforme, que ſur le mot *allumelle*, vous avez ajoûté ces beaux vers :

> *Cy git le Seigneur de Mattas,*
> *Lequel de ſa propre allumelle,*
> *Se tua prenant ſes ébats*
> *Sur le corps d'une demoiſelle.*

C'eſt encore ſelon ce même eſprit de Réforme, que ſur le mot *aſſaillir*, vous avez ajoûté ces autres vers :

> *Ma foy le combat ſera chaud,*

Lorsqu'en l'amoureuse carriere
Robin assaillira Cataud.

Je ne vous demande point, où vous avez pris toutes ces sottises. Comme je vois que vous les aimez, j'ai crû que vous seriez bien aise d'en trouver ici de nouvelles qui rendront votre *Sottisier* plus complet. Comment avez-vous oublié sur le mot *Asne-Martin* cette belle épigramme de Regnier, qu'un homme fait comme vous ne devoit pas ignorer?

> *Quoique tu n'aies sçu jamais Grec, ni*
> *Latin,*
> *Celui qui t'appelle asne, est lui-même*
> *une bête.*
> *Veux-tu savoir pourquoi? C'est qu'un*
> *asne-martin*
> *A les cornes aux pieds, tu les as à*
> *la tête.*

Nôtre Langue vous a de grandes obligations, pour avoir bien voulu l'enrichir du mot *Innocenter.* Marot, dites-vous, pour exprimer cette badinerie qu'on nomme *donner les Innocens*, a fait *Innocenter*, qui est hors d'usage. Vous citez en même temps les vers de Marot que vous n'avez pas néanmoins rapportez fidélement & dans toute leur étenduë. Il ne falloit pas demeurer en si beau chemin. Je laisse ces sottises, ou plûtôt ces ordures qui sont si fort de vôtre goût, pour venir à vôtre rare érudition. Si l'on vous en croit, vous avez ôté du Dictionnaire universel dix ou douze mille fautes. Les avez-vous bien comptées ces fautes? N'en avez vous point plûtôt augmenté le nombre,

en voulant groſſir l'ouvrage ? Au moins
en trouve t-on pluſieurs dés le commencement de la nouvelle édition, qui ne
ſont point de l'Abbé Furetiere. *Apiés un
travail qui vous a tant coûté, il faut, dites-
vous, être bien difficile à contenter, ſi on
n'en peut pas ſupporter quelque demi-douzaine
qui auront échapé à la diligence des Reviſeurs.* Je vous l'avouë. Auſſi ne vous a-
t on pas fait un procés pour un ſi petit
nombre de fautes.

Vous vous plaignez du reproche qu'on
vous a fait, d'avoir dit que l'*Aleph* des
Ebreux & des Arabes eſt une conſone
muéte, au-lieu qu'elle n'eſt proprement
ni conſone, ni voïelle ; mais ce qu'on
nomme *eſprit.* Vous prétendez avoir parlé comme tous les Grammairiens, qui
diſent que les Ebreux ont 22. lettres conſones, au nombre deſquelles ſont les lettres gutturales. Mais ces Grammairiens
qui parlent de la ſorte, avouent qu'ils
ne s'expliquent pas exactement, puiſqu'ils
ajoûtent, que ces lettres ſont plûtôt des
eſprits que de veritables lettres. Me direz-
vous que Gerard Voſſius qui a fait de ſi bons
ouvrages ſur l'art de la Grammaire n'étoit
point Grammairien ? Il ſoutient dans ſon
Livre *de Arte Grammatica*, L. 1. Chap. 27.
que des 22. conſones de l'Alphabet Ebreu,
il en faut retrancher quatre, *Aleph, He,
Het, Ham,* qui ne ſont pas proprement des
lettres, mais ce qu'on nomme *eſprit : Sta-
tuimus ex viginti-duabus conſonantibus ſeque-
ſtrari debere quatuor pneumaticas, Aleph, He,
Het, Hain. Nam ſpiritus non eſt littera.*

Je

Je pourrois vous apporter aussi là-des-
sus un passage de S. Jerôme, qui est
tout-à-fait décisif. Mais j'aime mieux vous
opposer l'autorité d'un de vos plus savans Grammairiens pour ce qui est des
Langues Orientales. Jâque Alting, qui a
professé la Langue Ebraïque à Groningue
avec beaucoup d'éclat, met aussi bien que
Vossius au nombre des *esprits* les quatre
lettres qu'on nomme gutturales. *Aleph*,
dit-il, *spiritus lenis Græcorum indicari potest h inverso. He spiritus asper Græcorum
H. Het Hh, vulgò Ch.* Ces lettres, comme vous voïez, ne peuvent être selon
Alting de veritables lettres, ni de veritables consones, puisqu'il les met au nombre des esprits. Il dit la même chose de
la lettre *Hain*, qu'il désigne par *H h h*.
Quand donc cet habile Grammairien dit
à la tête de son Alphabet, que les lettres des Ebreux sont au nombre de 22,
& qu'elles sont toutes consones, il a con-
sidéré seulement leur figure ; puisque lorsqu'il vient à expliquer la force de chaque
lettre en particulier, il place au nombre
de celles qu'on nomme *pneumaticas*, ou
esprits, les quatre gutturales. Or comme
Vossius l'a trés-bien remarqué, un *esprit*
n'est pas une *lettre*.

Ce n'est donc point une chicane de
mots qu'on vous fait. Mais on a voulu
vous montrer, que vous ne parlez pas
exactement, quand vous appellez l'*Aleph*
des Ebreux une consone muéte. Qu'entendez vous par une *consone muéte* ? Beze
dans un petit Traité qu'il a donné au Pu-

blic sur la prononciation des lettres de la
Langue Françoise, appelle consones muë-
tes celles qui ne se prononcent point, par
exemple dans *estre*, *connoistre*, la consone
s, ne se prononce point. Mais il n'en
est pas de même des lettres gutturales
parmi les Ebreux ; parce qu'elles se prononcent véritablement, non pas comme
lettres, mais comme *esprits*. Consultez la
remarque d'Alting sur la lettre *Hain*. On
vient de publier à Francfort une septie-
me édition de sa Grammaire Ebraïque.
Il vous fera entendre comment les lettres gutturales des Ebreux répondent à
ce que les Grammairiens Grecs nomment
esprit.

La difficulté que vous proposez sur le
nom *Tetragrammaton* qui n'a été ainsi appellé, que parce qu'il est composé de quatre lettres, se resout d'elle-même, quand
on vient à considerer, que les anciens
Ecrivains Grecs n'ont exprimé ce mot que
par trois lettres ou plûtost par deux, *Jao*.
Ce qui prouve, qu'ils n'ont pas crû,
que le *He* fût une véritable lettre. C'est
pour cette même raison, que les anciens
interpretes Grecs, qu'on nomme *Septan-
te*, ont supprimé les lettres *He* & *Het*
dans une infinité de noms, comme vous
pouvez le voir dans *Joannes*, & dans plusieurs autres. Si le *He* est une véritable
lettre, il faut que vous écriviez, comme
ont fait quelques nouveaux traducteurs
de la Bible *Jesaiahu*, *Jiremiahu*, *Jehezchiel* :
prononciation monstrueuse & inconnuë
à toute l'antiquité.

Je veux vous rendre encore la chose plus sensible, en vous réprésentant la lettre *H*, qui tient sa place parmi les lettres de l'Alphabet Latin. Cependant elle n'est point proprement une lettre, mais un simple esprit, *littera pneumatica*. C'est pourquoi elle se trouve écrite dans quelques manuscrits Latins au dessus des lettres, de la même maniere qu'on marque les esprits dans la Langue Greque. Par exemple, au lieu de *homo*, on lit dans ces manuscrits *ŏmo*. Le *phi* & le *chi* des Grecs ne sont point pour cette même raison des lettres distinguées du *pi* & du *kappa*, si ce n'est qu'on les prononce avec une aspiration. Je suis persuadé qu'à l'avenir vous ne direz plus *que vous avez fermé la bouche à ce fameux Critique* par vôtre belle observation sur le mot *Tetragrammaton*. Craignez plûtôt que le Critique ne vous renvoie à vôtre catéchisme. Il y a long-temps que Drusius qui a été un des plus savans hommes du dernier siecle, nous a appris dans une de ses lettres, que la capacité de la plûpart des Théologiens de son parti ne s'étendoit guéres au delà de leur catéchisme : *Tales Theologi vix quidquam ultra Cathechesim capiunt.*

On ne vous a pas fait *un crime capital de n'avoir pas ôté la faute que Furetiere avoit commise, en disant que l'à est quelquefois l'article du datif, au lieu de dire qu'il est une particule, qui marque le datif.* On s'est contenté de vous réprésenter, que pour parler exactement, il falloit se servir du mot de *particule* , & non de celui d'*article*. De quoi vous plaignez - vous ? N'en demeurez-vous pas d'accord vous-même présentement ? Il est vrai que Danet & Richelet s'expriment de la sorte. Vous auriez pû ajoûter à ces deux Auteurs plusieurs autres Grammairiens qui ne parlent point autrement. Cette faute vient de ceux qui ont composé les premiers des Grammaires Françoises. Ceux qui ont écrit aprés eux sont tombez dans la même faute , sans y faire aucune reflexion. Mais vous , qui étes Réviseur & Réformateur de profession , & qui vous vantez d'avoir appris la Langue Françoise par regle & par principe , deviez-vous commettre cette faute ?

Il étoit , ajoûtez vous , *impossible d'être attentif à tout dans un ouvrage où il y avoit tant à réformer : On n'en parlera pas moins bon françois , quand on ignorera cette petite distinction , qui ne peut engager dans aucune erreur.* Je vois maintenant quelle est l'origine des erreurs qu'on a laissées dans le Dictionnaire universel , sans parler des nouvelles qu'on y a ajoûtées. Vous n'avez songé qu'aux seules expressions , comptant pour rien ce qui regarde les choses. Cela étant , que deviendra ce grand titre qui est à la tête de vôtre ouvrage ? Est-ce que vôtre Dictionnaire n'est qu'un simple Dictionnaire de la Langue Françoise ? Ne vous étes-vous pas engagé à traiter des sciences & des arts ? Pouvez-vous dire , comme vous faites , que la Critique qui regarde les sciences & les arts , est une bagatelle ?

C'eſt encore une bagatelle ſelon vous, d'avoir laiſſé dans le Dictionnaire le mot *Ab-bot* écrit comme ſi c'étoit un mot compoſé de deux ſyllabes. M. Furetiere expliquant le mot *Abbé*, dit *que les premiers Moines appelloient leur Superieur Ab-bot, qui en Langue Syriaque ſignifie Pere.* Ce diſcours eſt un galimatias ridicule & qui ſaute d'abord aux yeux de ceux qui ont la moindre connoiſſance des Langues Orientales.

Si l'on vous en croit, *il eſt encore plus ridicule, de faire un procés aux Reviſeurs, pour avoir laiſſé dans le Dictionnaire tout ce que Furetiere a dit ſur le mot* d'accent *appuié ſur l'autorité de Hennin Hollandois Profeſſeur à Doëſbourg. M. de Bauval & moi avions bien d'autres choſes à faire, que d'aller examiner ce fait, ſeulement pour ſavoir lequel des deux ou de Furetiere, ou de Hennin, avoit eu tort dans ce qu'ils diſent de l'invention des accents, ſur tout n'y aïant rien de plus inutile que cet examen pour le fond de nôtre Langue.* Le procés qu'on vous a fait ſur le mot *d'accent* eſt trés-bien fondé. Je vois par vôtre réponſe, que vous n'entendez pas même de quoi il s'agit. Il n'eſt pas queſtion de ſavoir lequel de Furetiere ou de Hennin, a eu tort dans ce qu'ils diſent de l'invention des accents. Car Furetiere n'a fait autre choſe ſur cet article, que mettre en François le Latin de Hennin.

Ce qu'on vous a reproché, c'eſt de n'avoir pas corrigé les erreurs qui ſont dans le Dictionnaire univerſel ſur le mot *accent*. Il y a de trés-grandes diſputes

entre les favans, fur les accens qu'on trouve depuis plufieurs fiecles dans les livres
Grecs. Henri Chriftien Hennin & Wet-
ftein Profeffeur à Bâle en Langue Greque
ont publié de favantes differtations fur
cette matiere. Le premier a prétendu
que les Arabes font les inventeurs de ces
pointes, *cacuminum*, qu'on nomme *accens*.
Il appuie fon fentiment fur le Traité de
Samuel Clarck *de Profodia Arabica*, imprimé à Oxfort en 1661. Furetiere a copié
fidélement Hennin, qui affure que les
accens font une invention des Arabes,
qui fut perfectionnée par Alchalil vers le
tems de la mort de Mahommét. On vous a
demandé, comment il s'eft pû faire, que
les Arabes aient été les premiers inventeurs
des accens, eux qui n'ont point l'ufage
des accens dans leur Langue. Et c'eft à
quoi vous deviez répondre.

Mais vous aviez, dites-vous, bien d'autres chofes à faire, que d'examiner des
matieres qui ne font d'aucune utilité pour
le fond de nôtre Langue. Je vous entens,
Monfieur. Le titre de vôtre Dictionnaire,
où vous promettez de traiter des arts &
des fciences, n'a été mis que pour faire
illufion au Public. Une perfonne exacte
auroit corrigé tout cet endroit, qui eft
rempli de fautes. Alchalil Ebn Ahmed,
dont il y eft parlé, a feulement reduit
en art la poëfie des Arabes qui eft bien
plus ancienne que lui. Il a marqué les
mefures des vers qui font appellées *pedes*
en Latin; & c'eft ce que Samuel Clarck
a expliqué doctement dans fon livre in-

titulé *de Prosodia Arabica.* Il y a d'autres
fautes confiderables dans ce même article
touchant les accens. Un Revifeur habile
n'auroit pas manqué de les redreffer.
Mais fi vous aviez bien d'autres chofes à
faire, au moins deviez-vous ôter, nonob-
ftant vos grandes affaires, les erreurs grof-
fieres & qui ne font pas fupportables.

On lit dans le Dictionnaire univerfel
fur le mot *Ebe : C'eft le reflux de la mer,
la baffe marée, lorfque la mer s'en retourne.*
Cette *baffe marée* eft un pur galimatias.
Il y avoit apparemment dans l'Original
de Furetiere, *quand la marée baiffe,* parce
qu'il eft *Ebe,* lorfque la marée eft en fon
plein, & qu'elle commence à baiffer. Sur
ce même article on ne parle pas exactement, quand on y fait cette remarque :
*On dit proverbialement en Normandie, Tout
ce qui vient d'Ebe s'en retourne au flot, en
parlant des biens mal acquis & mal affurez.*
Il n'y a que des païfans qui parlent de la
forte en Normandie, où ceux qui parlent
bien difent : *Tout ce qui vient de flot s'en
retourne d'Ebe. Flot* eft la même chofe que
flux, & *Ebe* eft proprement le reflux, ou
retour des eaux qui font en plein canal.
On dit auffi dans quelques ports de Normandie : *Son bien eft venu de flot, il s'en
retournera d'ebe.* Continuons.

On vous a accufé d'avoir métamorpho-
fé un Abbé en un Miniftre Proteftant.
Cela eft faux, dites-vous. *Le Cenfeur ne
fait ce qu'il dit, ni ce qu'il veut dire. Pour
métamorphofer un Abbé en Miniftre Proteftant, il eût fallu mettre dans la bouche de*

l'Abbé ce qui ne doit être que dans la bouche d'un Ministre. Or vous soutenez que
tout ce qui est allegué de contraire à la Reli-
gion Romaine & qui se trouve dans le Di-
Ctionnaire, y est cité sous les noms des Mi-
nistres, & nullement sous le nom de Fure-
tiere. Vaine subtilité, & plûtôt digne d'un
plaideur de la basse Normandie, que d'un
honnête homme. Quand on dit, *Ciceron,*
Aristote, ne marque-t-on pas les livres de
Ciceron & d'Aristote ? De même, lorsqu'on vous a reproché que vous aviez
métamorphosé l'Abbé Furetiere en Ministre Protestant, on a seulement voulu dire, que d'un Ouvrage catholique & or-
thodoxe, vous en avez fait un Ouvrage
rempli de Calvinisme. Cela n'est-il pas
vrai à la lettre ?

Vous parlez contre vôtre conscience,
lorsque vous soutenez si hardiment que
tout ce qu'on allegue de contraire à la
Religion Romaine, est cité dans le Dictionnaire sous les noms des Ministres qui
l'ont avancé. Il est aisé de faire voir par
des exemples sensibles, qu'en un grand
nombre d'endroits où Furetiere parle en
Catholique, on a retouché exprés ses paroles, pour les accommoder aux sentimens des Calvinistes par de petits changemens & par quelques additions. En tous
ces lieux-là on ne trouve le nom d'aucun
Ministre. Et ainsi il n'y a personne qui ne
croie d'abord que c'est l'Abbé Furetiere
qui parle. Quel Ministre avez-vous cité,
quand vous avez dit sur le mot *Amuléte,*
que les superstitieux se chargeoient an-
ciennement

ciennement d'amulétes , comme on fait
de fcapulaires dans l'Eglife Romaine. Sur
le mot de *Chrême*, que vous avez refondu
pour l'habiller à la proteftante , je n'y
trouve le nom d'aucun Miniftre. Vous ne
marquez non plus le nom d'aucun Miniftre
fur le mot *Iconoclafte*. Vous avez cependant
retouché tout cet article en y changeant
quelques expreffions orthodoxes en d'autres qui font purement Calviniftes.

Il y auroit bien d'autres chofes à dire
fur l'efprit de parti , qui regne dans la
nouvelle édition de ce Dictionnaire. L'article du *Baptême* paroît n'avoir été refondu & augmenté , que pour y faire entrer
le Calvinifme. On n'y voit cependant le
nom d'aucun Miniftre. On en a de plus
ôté ces mots qui font dans l'ancienne édition : *Le Baptême confere la grace & efface
le peché originel.* Sur l'article *adultére* , où
il eft parlé du facrement de Mariage , je
ne vous blâme pas de ce que vous en
avez retranché le mot de *facrement.* Car
je fai que les Reformez aiment le mariage , & que le facrement leur déplaît.

Au refte il faut vous rendre juftice.
Je fuis perfuadé qu'il y a dans la nouvelle
édition plufieurs changemens qui ne viennent point de vôtre main. Il n'y a pas
d'apparence qu'un homme qui prend la
qualité de *Miniftre Reformé* ait jamais fon-
gé à traiter faint Auguftin de la maniere
qu'il eft traité dans la nouvelle édition.
Sur le mot *Antipode* , Furetiere s'eft contenté d'obferver que ceux qui nioient les
Antipodes avoient pour *fondement ce qu'en*

C

avoit écrit S. Augustin. Au lieu de ces mots on lit dans la nouvelle édition retouchée & corrigée : *Tout cela est fondé sur les ridicules plaisanteries de S. Augustin.*

Pour ne pas vous chicaner mal-à-propos, j'avoüe aussi que le Censeur anonyme a eu tort de vous faire un procés, sur ce que dans l'article de la *Justification*, on a rapporté le sentiment des Calvinistes avant celui des Catholiques. Il est juste * que la bourrique marche la premiere. On veut bien vous accorder encore que les Reviseurs du Dictionnaire n'ont pas fait assez de réflexion sur le mot d'*absolution*, lorsqu'ils ont dit, que l'*absolution est un des sept Sacremens de l'Eglise Romaine.* Vous avoüez humblement la faute, & vous reconnoissez même qu'elle est de quelque importance : *Je ne trouverois pas à redire à cette Critique,* ajoûtez-vous, *si l'auteur l'avoit faite en honnête homme.*

Cette malhonnêteté consiste à vous avoir attribué la faute plûtôt qu'à M. de Bauval, *qui n'étant point,* dites-vous, *d'un métier à savoir ces sortes de choses jusqu'à la derniere précision, est assez excusable de ne s'être pas apperçu de cette faute en la copiant dans quelque auteur ignorant ou inexact.* Vous faites bien de l'honneur à M. de Bauval en le faisant passer pour un copiste d'auteurs ignorans ou inexacts, lui qui est le principal Auteur de la revision du Dictionnaire. Sur ce pied là, il a eu raison de répondre au Censeur anonyme, qu'il a des garans des fautes qui sont dans la nouvelle

* El borrico, el primero.

édition. Trouvez-bon cependant qu'on rejette plûtôt fur vous, que fur M. de Bauval, les fautes qui regardent la Theologie. Vous avoûez qu'il n'eft pas Theologien. Or y a-t-il de l'apparence, que l'Imprimeur de Roterdam qui ne manque ni d'efprit, ni de conduite, ait jetté les yeux, pour les faits qui regardent la Theologie, fur un homme qui n'eft point Theologien de Profeffion ? C'eft fans doute ce qui a fait dire au Critique dont vous vous plaignez : *Je veux croire que M. Bafnage n'a aucune part à tout ce qu'il y a d'injurieux dans cette compilation contre l'Eglife Romaine. Il y a plus d'apparence que le Miniftre Huët qu'il a affocié à un fi penible travail, en eft le feul auteur.*

Ce Critique a eu raifon d'avancer qu'il a trop bonne opinion de M. Bafnage l'Avocat, pour lui attribuer toutes les impertinences qui font dans le nouveau recueil, fur tout lorfqu'on y parle des ufages & des pratiques de l'Eglife Romaine. En effet, un Avocat qui s'eft appliqué à l'étude des Loix Civiles, doit être mieux inftruit des pratiques & des ufages de cette Eglife, que ces Miniftres du commun, qui ne favent d'ordinaire que le Catéchifme de leur Paroiffe. M. Jurieu étoit en colere, quand il a écrit que M. de Bauval étoit fans étude & fans Theologie ; qu'il n'étoit autre chofe qu'un *copifte de profeffion*, & qu'il fe contentoit *de lire les tables des livres & les titres des chapitres dont il faifoit des fquelêttes.*

J'avoûe que le mot d'*impertinences* qui

est dans la Lettre du Censeur anonyme
m'a paru dur, & c'est principalement ce
qui a fait dire aux Auteurs du Journal de
Trévoux, que la Lettre qu'on trouve à la
page 99. de leur Journal, y a été mise
par l'Imprimeur, sans leur participation,
& que si c'étoit eux qui l'y eussent fait
mettre, *ils auroient eu soin d'en ôter aupa-*
ravant quelques termes trop forts. Il ne
s'agit, comme vous voïez, que de quelques termes qui leur ont paru trop forts.
Ils n'ont donc blâmé que les expressions
du Censeur anonyme, sans toucher aux
choses qui sont dans sa Lettre. Cependant,
comme si ces Journalistes avoient pris vôtre
parti, vous dites : *Le seul avertissement, que*
Messieurs les Journalistes de Trévoux ont
mis à la tête de leur Journal, ne me justi-
fie-t-il pas de reste ? Jugez en vous-même,
& voïez, si du caractére qu'ils sont, ils se
seroient avisez de blâmer une Piece faite con-
tre un Ministre, pour-peu qu'elle eût été sup-
portable.

N'allez pas pas si vite, M^r. Loin que ces
Journalistes aient blâmé la Piece du Censeur, ils ont porté de terribles coups à
vôtre nouvelle édition. L'anonyme vous
a reproché à la vérité d'avoir rempli vôtre ouvrage de Calvinisme. Mais les Re-
verends Auteurs du Journal de Trévoux
ne se contentent pas de le censurer, comme un *livre contagieux & qui contient le*
venin de l'hérésie ; ils assurent que *vous*
avez fait beaucoup de plaisir aux Antitrini-
taires & aux Sociniens, lorsque vous parlez du mystere de la Trinité. Sur l'article

de *la liberté*, ils vous font fentir que vous
avez fait S. *Auguftin Manichéen*, ou *Cal-
vinifte.* Et comme ils vous aiment de
tout leur cœur, ils vous avertiffent cha-
ritablement, que les Magiftrats empêcheront le debit de vôtre Dictionnaire en
France. Et en effet cela s'eft executé
avant que la Lettre du Cenfeur anonyme
fût publique. En beniffant ceux qui vous
maudiffent, vous faites voir que vous
eftes bon chreftien. Mais il me femble
qu'un homme, qui eft Theologien & Miniftre de Profeffion, ne doit pas fe taire,
lorfqu'on le traite de Socinien. M. le
Clerc tout Tolérant qu'il eft, n'a pû souffrir qu'on le traitât de la forte, & il a
eu raifon. Vôtre ami M. de Bauval, qui
a écrit en faveur *de la Tolerance des Reli-
gions*, a été auffi accufé de Socinianifme
par M. Jurieu ; mais il a repouffé vive-
ment cette accufation. Il a défié fon ad-
verfaire de trouver le moindre trait de
Socinianifme dans fes ouvrages. Sur qui
donc peut tomber l'accufation des Journaliftes de Trévoux, qui prétendent que
les Auteurs de la nouvelle édition appuient
les fentimens des Antitrinitaires? On vous
croira coupable jufqu'à ce que vous aïez
fait voir que ces Journaliftes vous ont
impofé.

Direz-vous encore aprés cela que les
efforts que l'on fait pour décrier la nouvelle édition n'aboutiffent qu'à quelques
chicanes, qui ne ferviront qu'à le faire
valoir davantage. Selon vous, le Mani-
chéifme & le Socinianifme font de petites

chicanes. Vous n'étes pas bon Prophête.
Car sur le seul bruit qui s'étoit répandu
qu'on songeoit à réimprimer en France
vôtre Dictionnaire tel qu'il est, M. le
Chancelier a envoié dans les Provinces
des ordres exprés aux Juges Roïaux, pour
avoir l'œil sur les Libraires ; & ces ordres ont été réïterez au Lieutenant General de Lion, où l'on avoit deja mis ce
Livre sous la presse. Tout cela s'est passé
avant la Lettre du Critique anonyme. Il
est vrai que Messieurs les Journalistes de
Trévoux ont encensé M. Basnage : ils
ont loüé sa politesse & son érudition :
mais nonobstant ces louanges flateuses,
ils lui ont témoigné que les erreurs & les
hérésies qu'ils avoient remarquées dans
son nouveau Dictionnaire, faisoient ap-
préhender justement, que les Docteurs
Catholiques ne se fissent un point de Religion d'en défendre la lecture aux fidê-
les.

Les avis que vous donnez aux Libraires de Paris pour la nouvelle revision du
Dictionnaire sont fort inutiles. Car la
personne que vous avez attaquée mal-à-
propos, est bien éloignée de travailler à
de semblables ouvrages, qu'elle n'a jamais
pû goûter. Elle laisse ces sortes d'entre-
prises aux maçons de Hollande, qui tra-
vaillent à la toise. Si cette personne vouloit publier quelque chose là dessus, elle
feroit voir dans un ouvrage separé les
fautes grossieres qui sont répanduës dans
le Dictionnaire universel. Cette entre-
prise est digne de luy.

Au reste, si vous aviez été bien instruit de ce qui s'est passé dans Paris au sujet de la nouvelle édition du Dictionnaire universel, vous n'auriez pas attaqué si legerement une personne qui a fait tous ses efforts pour rompre les desseins de quelques Libraires. Elle leur a répresenté plusieurs fois que le Sieur Reinier Léers s'étant fait une loi de ne point contrefaire leurs éditions, il étoit de la justice & de l'équité de ne point contrefaire les siennes. Je n'avance rien, dont on ne puisse vous donner des preuves. Les choses étoient en cet état, lorsqu'on reçut dans Paris quelques exemplaires de la nouvelle édition. Il s'y répandit aussi-tôt un bruit, que c'étoit un ouvrage de parti & infecté de Calvinisme. Vos bons amis qui en furent avertis, mirent dans leur Journal l'article qui vous regarde, & dont vous êtes si content. Ils y joignirent l'avis de l'Imprimeur de Trévoux. Le Critique dont vous vous plaignez n'a eu aucune part à tout cela. Il ne savoit pas même alors qui étoient ces nouveaux Gazettiers du Parnasse.

Enfin pour ne rien laisser dans vôtre Lettre sans réponse, je suis obligé de vous avertir, que vous vous trompez dans vôtre conjecture, lorsque vous dites : Si le Critique s'est apperçu que *l'à quand il marque le datif est mieux nommé une particule qu'un article, ce n'est que parce que dans l'envie de critiquer à quelque prix que ce fût, il lut exprés la Grammaire generale & raisonnée, & qu'il y trouva par hazard*

C iiij

cette petite *critique* à faire. La maniere
dont le Censeur anonyme a parlé de la
distinction qu'on doit mettre entre l'*article*
& la simple *particule*, fait voir qu'il n'a
point parlé comme un homme, qui auroit
copié la *Grammaire generale*.

L'anonyme vous a montré que vous
vous trompiez dans les deux exemples
que vous avez rapportez, savoir, *à Pierre
& à Agnés*, parce que ce sont des noms
propres, & qu'on ne met pas ordinairement d'article devant ces noms. Si vous
saviez la Langue Françoise par regle & par
principe, comme vous croïez la savoir,
vous auriez comparé cette Langue avec
les autres qui ont des *articles* séparez des
particules. Sans vous parler de la Langue
Italienne & de l'Espagnole, vous auriez
trouvé dans la seule Ebraïque la lettre
Lamed, qui sert de particule dans cette
Langue, & qui répond exactement à nôtre particule *à*. Vous auriez vû en même
tems que l'Ebreu, l'Espagnol & l'Italien
ont des *articles* distinguez des *particules*.
C'est sur ce pied-là que vous deviez re-
toucher dans vôtre Dictionnaire les endroits, où vous parlez des articles de la
Langue Françoise. Mais je doute que vous
soïez capable de faire ces réflexions.
Vous faites un procés au Censeur anonyme sur le titre de sa Lettre qui est intitulée:
*Jugement de la nouvelle édition du Diction-
naire universel de M. l'Abbé Furetiere*. Vous
le reprenez d'avoir fait une faute considé-
rable contre la délicatesse de nôtre Langue
en mettant ces trois genitifs de suite,

Jugement

Jugement de la nouvelle édition du Diction-
naire universel de M. l'Abbé Furetiere.

Si vôtre Critique eſt exacte, il faut que
vous faſſiez le procés aux plus grands hommes de l'Académie Françoiſe. M. Pelliſ-
ſon, qui a donné au Public une rélation
contenant l'hiſtoire de cette Académie,
rapporte dans ſon premier tome les titres
de pluſieurs Livres compoſez par ces illuſtres Académiciens, qui n'ont point crû pe-
cher contre la délicateſſe de nôtre Langue
en mettant de ſuite trois & même quatre
de, du, des. En voici des exemples : *Ver-*
ſion du Traité de Monſignor de la Caſa, du
mutuel devoir des grands Seigneurs & de
ceux qui les ſervent. Hiſtoire de Polydore
Virgile des inventeurs des choſes. Préface
du parfait Capitaine de M. de Rohan. Le
dialogue des cauſes de la corruption de l'é-
loquence. Dans un Ecrit publié par l'ordre
de l'Académie Françoiſe & qui ſe trouve
à la fin du ſecond tome, on lit ces mots :
On ne recevra aucun diſcours qui n'ait une
approbation de deux Docteurs de la Faculté de
Theologie de Paris. Mais ſans qu'il ſoit ne-
ceſſaire de remonter ſi haut, M. de Bauval qui a tant de *politeſſe & d'érudition,*
a intitulé un de ſes ouvrages imprimé à
Roterdam en 1690. *Réponſe de l'Auteur de*
l'Hiſtoire des Ouvrages des Savans à l'avis
de M. Jurieu. Voila quatre véritables genitifs de ſuite.

Vous ajoûtez enfin que ces mots : *Juge-*
ment de la nouvelle édition, ne ſont pas
françois, & qu'il falloit dire : *Jugement*
ſur la nouvelle édition. S'il ne s'agiſſoit que

de produire des exemples de cette expreſſion, l'on pourroit vous en citer quelques-uns. Le meilleur ouvrage que Naudé ait donné au Public, a pour titre : *Jugement de tout ce qui a été imprimé contre le Cardinal Mazarin.*

Mais je veux vous convaincre, que loin d'avoir étudié nôtre Langue par regle & par principe, vous ne ſavez pas les premiers élemens de la Grammaire. Dans ce titre, *Jugement de la nouvelle edition*, la particule *de*, n'eſt pas la particule du genitif, comme vous le croiez. C'eſt une prépoſition qui marque l'ablatif & qui eſt la même choſe que *de* en Latin, & qu'on exprime quelquefois en François par *touchant.* On dit donc trés bien *Juger d'un ouvrage, jugement d'un ouvrage*, de la même maniere qu'on lit dans Ciceron : *Judicare, judicium facere de re aliqua.* C'eſt pourquoy il n'y a pas trois genitifs de ſuite dans le titre de la Lettre du Cenſeur anonyme. Pour n'être pas trop long ſur ce point de Grammaire, je vous renvoie au premier tome de la *République des Lettres*, page 91. où M. Bayle en parle d'une maniere judicieuſe & en habile Critique. Je ſuis, Monſieur, &c.

A Paris, le 12. d'*Aouſt* 1701.

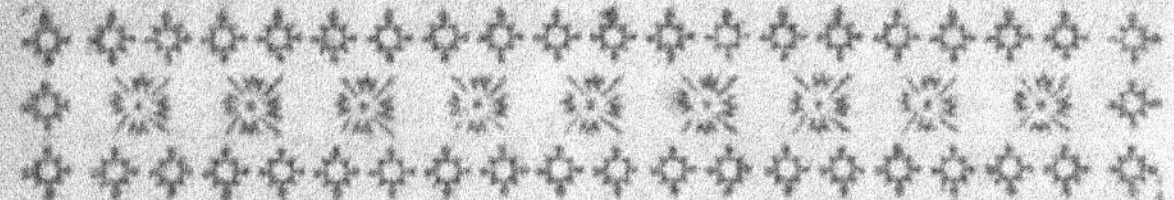

RE'PONSE

AUX RE'FLE'XIONS DE M. LE CLERC,
sur l'Article VIII. *des Memoires de Janvier*
& Février, imprimez à Trevoux.

MONSIEUR le Clerc vient de faire
paroître deux Ecrits l'un aprés l'autre, pour servir de Réponse aux reproches
qu'on lui a faits dans les Memoires de
Trévoux; savoir, que son Harmonie évan-
gelique renverse les fondemens du Christianisme, & qu'elle n'est gueres qu'un tissu
d'interpretations Calviniennes & Socinien-
nes.

Il se plaint qu'on le traite indigne-
ment, & qu'on s'emporte jusqu'à lui dire
des injures. Celui qui a fait l'extrait dont
il est question, proteste qu'il n'a jamais crû
qu'en l'appellant le Professeur Socinien, il
dût en être choqué. C'est une qualité
qu'il s'est acquise depuis long-tems, &
dont apparemment il se fait bon gré, puisqu'aprés tant de plaintes & de critiques
qui lui sont venuës de toutes parts, il
continuë toûjours à se declarer pour la
doctrine des Freres Polonois. Le détail
qu'on a fait en partie de ses interpretations,
en est une preuve si convaincante, qu'il ne
faut qu'ouvrir les yeux pour en voir la vérité. Aussi je ne sache personne, ni Catholique, ni Protestant, si ce n'est peut-

E

être quelqu'un de son parti, qui n'en ait été frappé.

Je souhaiterois que l'accusation qu'on a intentée contre lui fût fausse, & que céux qui ont porté le même jugement que moi de ses Livres, se fussent trompez. Bien loin de répondre à ses justifications, je verrois le monde avec plaisir changer à son égard, & je benirois le Seigneur de ce qu'il conserve encore dans le cœur de M. le Clerc quelques étincelles de l'ancienne Religion de nos Peres. Peut-être que ces foibles étincelles, (car qui sait les secrets jugemens de Dieu?) allumeroient un jour le flambeau de la Foi pour le conduire, & le retirer de ces ténebres épaisses où le malheur de sa naissance l'a jetté.

Mais jusqu'à ce qu'il nous ait donné des preuves incontestables de l'opposition de sa doctrine à celle des Sociniens, il ne trouvera pas mauvais que nous persistions dans nôtre premier sentiment. C'est en attendant une declaration plus ouverte de la divinité de Jesus-Christ, que je vais tâcher de satisfaire aux principaux articles qu'il a touchez dans les deux Ecrits dont j'ai parlé. Je montrerai premierement qu'il n'a rien dit dans sa Paraphrase sur les Evangiles qu'un véritable Socinien ne puisse dire. En second lieu, que les exemples qu'on a produits de ses interpretations forcées sont sans replique. Enfin puisqu'il le veut ainsi, on lui fera voir qu'il n'écrit pas si poliment en Latin, qu'il semble nous le vouloir persuader.

Commençons par le premier Point: Il

dit dans sa défense que celui qui l'a attaqué n'a pas fait reflexion que Jesus-Christ n'est pas seulement Dieu, mais qu'il est aussi homme. Il est vrai que Jesus-Christ est homme, mais il est étonnant que parmi les expressions des Evangelistes, & sur tout de saint Jean, M. le Clerc n'en ait trouvé aucune qu'on doive entendre de la divinité du Sauveur; non pas même celle-ci : *Le Verbe s'est fait chair.*

Il s'est fait chair, selon sa Paraphrase, de la même maniere que le demon se fait homme, lorsqu'il entre dans le corps d'un possedé; car on y voit les mêmes termes pour exprimer l'union du malin esprit, s'il m'est permis de parler de la sorte, avec le corps d'un Energumene, & l'union du Verbe avec l'humanité. C'est toûjours *in-sedit, consedit, habitavit*, ou d'autres mots semblables.

M. le Clerc devoit se souvenir de ce que disoit autrefois Calvin contre les ennemis de l'Homme-Dieu, *a* que ces gens-là ramassent tous les endroits du Nouveau Testament, où il n'est parlé que de l'humanité du Sauveur, & que de là ils concluent qu'il étoit un pur homme. Il étoit Dieu & homme, dit Calvin. Ainsi il y a des passages qui ne regardent que son humanité; il y en a d'autres qui ne peuvent s'appliquer qu'à sa divinité : d'autres enfin qui conviennent aux deux natures unies ensemble.

Voici le tour qu'a pris M. le Clerc, où il est parlé de Jesus-Christ comme hom-

_____
a Inſtit. de Fide. c. 7. *nomb.* 16.

me , cela signifie qu'il paroît être un homme du plus bas étage : *Homo qui è trivio videtur.* Qu'il ressemble à un homme sorti de la lie du peuple : *Qui plebeius videtur.* C'est un petit homme méprisable *homuncio.* Autant de fois qu'on l'appelle Fils de l'homme , c'est toûjours le dernier des hommes en apparence , & le rebut du peuple. Quand on le nomme Dieu , & Fils de Dieu , on ne veut dire autre chose sinon qu'il est Dieu en un sens mysterieux & relevé : *Eximio quodam sensu.* De même que le Pain Eucharistique est le Corps de Jesus Christ ; car il l'est selon M. le Clerc : *Eximio quodam sensu* , c'est-à-dire en figure & par metaphore.

Qu'il n'aille pas me faire un procés sur l'interpretation de ces paroles , *Filius hominis* , & me renvoïer aux Interpretes ou aux Concordances Hebraïques. Je sai que ces mots : *a Ben Adam* , le Fils de l'homme , se prennent quelquefois pour un homme , qui est dans un état bas & humiliant , & que quelques Docteurs Catholiques expliquent ainsi le *Filius hominis* , par raport à Jesus Christ. Ce que je blâme , c'est le choix qu'il a fait de cette Explication , pour lui opposer ensuite le *Filius Dei* , & dire que ce Jesus qui paroît un miserable & un esclave , est cependant Fils de Dieu , c'est-à dire , un homme qui est au dessus de tous les autres , qui est l'Envoïé de Dieu , & qui est chargé de ses ordres.

Il devoit du moins garder dans sa Paraphrase la regle de Calvin , & expliquer

‫בן אדם‬ a

les endroits des Evangiles, où il est fait mention de la divinité de Jesus Christ, tels que sont ceux qu'on a marquez dans les nouveaux Memoires, & d'autres encore dont nous parlerons plus bas, de les expliquer, dis je, comme ont fait les Auteurs qui le reconnoissent véritablement Dieu.

Si les Sociniens ont dit quelque chose de bien dans leurs Commentaires, ce n'est pas assurément en ces endroits-là. Et si M. le Clerc ne vouloit point qu'on le crût Socinien, il devoit rejetter la Glose de ces Hérétiques sur les Passages qu'on a citez, & ne pas l'adopter comme il a fait.

C'est une mauvaise défaite, & l'Auteur a trop d'esprit pour ne pas en voir la vanité. Les Sociniens ont dit quelque chose de bien : donc je puis me servir de leurs explications. Servez-vous en à la bonne heure, quand ils ne diront rien qui soit contraire au Christianisme. Mais de les suivre, lorsqu'ils en sappent jusqu'aux fondemens, c'est ce qu'on ne sauroit vous pardonner. Car quoi que vous en disiez, je ne mettrai jamais au nombre des Sectes Chrétiennes, celles qui nient l'Incarnation du Fils de Dieu.

Ce n'est pas assez pour être Chrétien de dire que Jesus Christ est Prophete, & qu'il est le Messie ; Mahomet en dit autant : il faut ajoûter qu'il est Dieu & Fils de Dieu par nature : sans cela on est infiniment éloigné de ce qu'on doit appeller Chrétien.

Mais, dit M. le Clerc, je n'ai point donné d'autre sens que celui de Dieu aux

paroles de saint Thomas : *Dominus meus &*
Deus meus. Comme si les Sociniens ne di-
soient pas, que Jesus Christ étoit le Seigneur, & le Dieu de Thomas, le Dieu
des Chrétiens qu'ils doivent adorer & en
qui ils doivent mettre leur confiance.
Voici les paroles de Fauste Socin : a *In*
Thomæ Confessione articulus, ὁ Θεὸς, nullam
majorem vim habet, quam habeat pronomen
meus, nomini Deus, additum : ut scilicet in-
telligamus, non cujuspiam modo alterius,
ceu quorumdam aliorum Deum, aut simplici-
ter Deum, sed suum ipsius Deum. Id est non
modò Dominum quod prius expresserat, sed
divinum Dominum, quem nimium colere,
cuique confidere debeat. Thomas, dit-il un
peu plus bas, n'étoit pas Juif, il étoit
Chrétien : donc il reconnut non seulement le Dieu unique d'Israël, mais encore
Jesus-Christ homme comme son Dieu,
c'est-à-dire, comme celui qui avoit reçû
du Dieu unique un souverain pouvoir ;
comme celui qui lui avoit été donné pour
Roi, dont il devoit attendre son salut,
enfin qu'il devoit adorer.

M. le Clerc n'a donc rien dit à l'égard
de ce Passage, qui détruise l'opinion qu'on
a de son Socinianisme. Il fait dire à saint
Thomas, que Jesus Christ est son Dieu.
Socin lui fait dire la même chose, & croit
avoir prouvé que cet Apôtre devoit parler ainsi, quoi-que Jesus-Christ dans son
sentiment fût un pur homme ; je n'ai jamais prétendu que M. le Clerc fût plus
Socinien que Socin même.

a *Socin contre VVieck, & Bellarmin.*

L'autorité de Grotius qu'on nous allegue sur l'interpretation de ces paroles ,
a *Antequam Abraham fieret , ego sum* , est
de la derniere foiblesse. On convient que
cet Interprete , soit à dessein ou sans
dessein , c'est ce que je ne veux pas ici
décider ; on convient , dis-je , que cet Interprete a favorisé en plusieurs endroits
de ses ouvrages les erreurs des Sociniens ;
mais il ne s'est pas avisé non plus que
quelques autres qui l'ont précédé , de nous
ôter tous les Passages de saint Jean que
nous objectons à ces Hérétiques. Ce coup-
là demandoit une main plus hardie ; il n'y
a que M. le Clerc qui , sans vouloir passer
pour Socinien , ait osé l'entreprendre.

D'ailleurs son interpretation est frivole
& rend la réponse de Jesus-Christ tout-
à-fait illusoire : Car de quel homme au
monde ne pourroit-on pas dire , que Dieu
dans ses Decrets éternels avoit résolu de
le faire naître , & que ce Decret étoit avant
la naissance d'Abraham ?

Ceux qui ont réfuté cet Auteur , re-
marquent trés-bien que le Verbe εἰμί , ne
se trouve nulle part dans l'Ecriture avec
la signification qu'il lui attribuë. Que les
Passages *b* dont il se sert pour appuier la
nouveauté de ses expressions , ne prouvent
rien , puisque le Verbe εἰμί n'y est point
emploié. Que le Verset 8. du Chapite 13ᵉ
de l'Apocalypse , ne dit pas que l'Agneau
ait été immolé dés l'origine du monde ;
mais il dit seulement que les noms de

a Saint Jean. C. 8. ⅴ. 58. b 1. Pet. c. ⅴ. 20,
Apoc. 23. 8. 1. Eph. 1. 3. 4.

E iiij

ceux qui adorerent la bête, n'étoient point
écrits dés le commencement du monde
dans le Livre de l'Agneau qui a été immolé. M. le Clerc lui-même nous est un
bon garant de cette interpretation *a*.

Ils ajoûtent que dans l'entretien que
Jesus-Christ eut avec les Juifs, il ne s'agissoit point de prédestination divine. On
y parloit de son existence réelle, ainsi sa
réponse auroit été hors de propos, s'il
avoit fait allusion aux Decrets divins. Enfin, disent ils, pour être prédestiné ou
prévû avant qu'un autre soit venu au
monde, on n'est pas préférable à lui. Cette
sorte de prédestination ne donne à personne aucune prééminence.

Je m'attendois bien que l'Auteur de
l'Harmonie m'objecteroit le nom de Grotius, je l'avois prévenu dans l'Ecrit que
je donnai aux Auteurs des Memoires : ils
en ont retranché cet article, je n'entre
point dans les raisons qu'ils ont euës : je
veux croire qu'elles sont bonnes, mais
voici la reflexion que je faisois. On sait
que ce Passage est une pierre d'achoppe-
ment pour toute la nation Socinienne,
c'est un écueil où ils vont se briser. Socin mit tout en œuvre pour l'éviter.
Quelles contorsions ne se donna-t-il
pas ? La plûpart de ceux qui vinrent ensuite l'abandonnerent, pour s'attacher à
une misérable subtilité de Grotius qui
rend la réponse de Jesus-Christ vaine ;
puisque le moindre des hommes en auroit
pû dire autant que lui.

a Voïez ses Notes sur Hammond.

L'Auteur du Livre de la Trinité qui est parmi les Ouvrages de Tertullien raisonnoit sans doute beaucoup mieux que ces infideles Commentateurs, lorsqu'il disoit: Jesus-Christ déclare qu'il est avant Abraham ; *Antequam Abraham fieret, ego sum.* Or personne ne peut dire qu'il est avant celui, dont il est descendu, & rien ne sauroit être avant l'Auteur de son origine ; mais Jesus-Christ assure qu'il est avant Abraham quoi-qu'il vienne de lui: ou il ment donc & nous trompe, s'il n'a pas été avant Abraham étant issu de ce Patriarche ; ou il ne nous trompe pas, s'il est aussi Dieu. Que s'il n'avoit été Dieu, il ne pourroit être avant Abraham, puisqu'il vient de lui. *Quod nisi fuisset, consequenter cùm ex Abraham fuisset, ante Abraham esse non posset.*

Pour ce qui est de Beze, j'avouë franchement que je n'y avois pas pensé ; & quand je l'aurois fait, je n'aurois eû garde de le citer, & de le confondre avec Grotius & les Sociniens ; puisque cet Auteur prouve par le Passage, dont il s'agit, la divinité de Jesus-Christ, & rend raison pourquoi il a traduit ces mots, πεὶν ἀγ γενεσθαι, *antequam existeret Abraham*, & non pas, *nasceretur.* J'ai crû, dit-il, qu'il falloit garder l'antithese, & opposer le verbe *exister* au verbe *être*, qui ne s'attribuë proprement qu'à celui, lequel seul veritablement existe : c'est à dire à Dieu. *Ego verò quamvis non existimem Christum hîc simpliciter agere de se, quatenus Deus est, sed quatenus est oculis fidei*

*visus ab Abrahamo, Dei videlicet & homi-
num mediator, sive Deus in carne manife-
status, (nam alioqui non videretur apposite
differere) tamen quia ut mediator conside-
rari non potest, nisi verè sit Emmanuel, &
hac etiam ratione dicitur agnus à constitu-
tione mundi occisus, imò verò fuisse heri &
hodie : putavi servandam esse antithesin.
Itaque* γίνεσθαι *, malui convertere, existere,
quàm nasci, ut opponatur* τῷ εἶναι *, quod illi
demum propriè tribuitur, qui solus verè existit.*

Or Jesus-Christ, parlant de son existence,
s'attribuë le verbe *être*, ἐγώ εἰμι, *Ego sum.*
D'où il faut conclure selon Beze qu'il est
Dieu. En effet S. Augustin *a* nous exhorte
à peser ces mots, *Ego sum*, afin de connoistre le mystere qu'ils renferment. *Antequam Abraham fieret*, concevez, dit-il,
que le verbe *fieret*, (fut fait) se dit de
la nature humaine créée, & le verbe *sum*
(je suis) de la nature divine. Jesus-
Christ dit *fieret* (fut fait) par rapport à
Abraham, parce qu'Abraham étoit une
créature : il ne dit pas, Avant qu'Abraham
fût, j'étois ; mais, Avant qu'Abraham fût
fait, (lequel ne seroit point fait, si ce
n'étoit par moi) je suis. Il ne dit pas
non plus, Avant qu'Abraham fust fait, je
suis fait. Car Dieu fit au commencement
le ciel & la terre, & le Verbe étoit au
commencement ; mais, Avant qu'Abraham
fust fait, je suis. Reconnoissez par là,
concluë-t il, le Créateur, & discernez la
créature. *Agnoscite Creatorem, discernite
creaturam.*

Mais quand Beze & Grotius auroient expliqué des Paſſages de l'Ecriture, autrement que les ſaints Peres & les anciens Interpretes & même que les modernes, qui ne ſont pas ſuſpects; quelle impreſſion cela peut il faire ſur un eſprit fidele, qui s'embarraſſe fort peu de ce que penſent quelques Docteurs particuliers, qui n'ont point d'autre regle de Religion, que leurs vains raiſonnemens & la bizarrerie de leurs conjectures?

Telle eſt l'école des Sociniens, il n'appartient qu'à eux & à leurs ſemblables, de dire qu'ils ont les mêmes écritures que les anciens Peres & les Conciles, & qu'ils en ſont les juges auſſi bien qu'eux *a* : que la ſaine raiſon eſt de tous les tems, qu'elle nous a été donnée pour nous ſervir de guide, & que c'eſt elle uniquement que nous devons ſuivre, quand nous devrions nous écarter des voies que nos anceſtres nous ont tracées. Il ſeroit aiſé de montrer qu'il n'eſt rien de ſi contraire aux principes de la droite raiſon dont ils ſe flattent, que la témerité & la préſomption de ceux qui ſe font les ſeuls arbitres de leur Religion.

On n'eſt point ſurpris de les voir deſapprouver les expreſſions de S. Cyrille & du Concile d'Epheſe, pour ſe ranger du côté des Neſtoriens. Rien ne s'accorde mieux à leurs dogmes *b*. Il n'y a que des Antitrinitaires qui ſoient choquez des termes de Perichoreſe, ou de Circumin-

a *M. le Clerc. Diſſ. 1. ſur ſon Harm. p. 51. col. 1. &* 512. *col.* 1. b *M. le Clerc.*

feſſion. Saint Jean de Damas, au huitiéme
ſiecle, n'étoit pas ſi délicat : il s'en eſt ſervi
a pour expliquer ces paroles du Sauveur,
Ego in Patre, & Pater in me eſt : Je ſuis
dans mon Pere, & mon Pere eſt dans moi;
ὅτι ἐν ἀλλήλαις περιχώρησιν ἔχουσι.

Les Scolaſtiques ne ſont donc pas les
premiers, comme a crû M. le Clerc, qui
ont uſé de ce terme pour exprimer ce que
nous appellons les Circuminſeſſions des
perſonnes divines, c'eſt à dire l'exiſtence ré-
ciproque des unes dans les autres : & quand
ils ſeroient les premiers, pourvû qu'ils
ne veuillent dire autre choſe, que ce que
Jeſus-Chriſt a dit lui-même, qu'il eſt dans
ſon Pere, & que ſon Pere eſt dans lui ;
parce que ſon Pere & lui ne ſont qu'une
ſeule ſubſtance divine, comme parlent les
Peres aprés S. Jean ; quelle raiſon peut-
on avoir de le trouver mauvais, à moins
que l'on ne nie la verité du myſtere ? De
même que les Arriens ne pouvoient ſouffrir le terme de Conſubſtantiel, parce qu'ils
croïoient le Verbe créature, & d'une nature inférieure à celle de ſon Pere.

Serons-nous toujours obligez à faire
des Traittez de Controverſe, ſur les mots
qui ſont en uſage dans l'Egliſe Catholique ? Faudra-t il pour faire taire ces Meſ-
ſieurs, que je les trouve tous dans l'E-
criture? Quoi ! parce que les mots d'Incarnation, de Conſubſtantialité, & de Perichoreſe n'y ſont pas, on voudra que je les rejette. Que m'importe qu'ils y ſoient, ou
n'y ſoient pas, s'ils ne ſignifient rien, que ce

qui est clairement révelé & ce qu'une tradition constante de tous les siecles autorise?

Ces sortes de disputes ne sont bonnes
que pour surprendre un peuple grossier,
qui ne penetre point dans le fond des
choses : les savans les méprisent, & ne
s'arrestent qu'à ce qu'il y a de solide &
de réel dans les Controverses.

Qu'on nous montre, disent les Calvinistes, les termes de *Limbes*, de *Purgatoire*, de *Messe*, de *Transsubstantiation* :
en quelle page des saints Livres les a-t-
on vûs? Foibles retranchemens de gens
qui ne sauroient se défendre, & qui res-
semblent à ceux qui se noyent, lesquels
s'attachent à tout ce qu'ils rencontrent,
sans examiner si les choses, qu'ils saisis-
sent d'abord, sont capables de les soutenir & de les tirer du danger où ils sont
tombez. Abraham & le Lazare étoient
dans un lieu separé de l'Enfer & du Paradis, lorsque le mauvais riche les pria
de le soulager dans ses peines ; ce lieu
c'est ce que j'appelle les *Limbes*. C'est
une sainte & salutaire pensée de prier
pour les morts, afin qu'ils soient déliez
de leurs pechez. Le lieu où ils sont liez,
ne pouvant être ni le ciel, ni l'enfer,
puisque les prieres des fideles leur sont
utiles ; c'est le *Purgatoire*. Prenez &
mangez, c'est là mon Corps, ou ceci est
mon Corps ; voila la transsubstantiation.
Faites ceci en commemoraison de moi ;
voila la Messe. A quoi bon chicaner sur
les mots, lorsque les choses sont évidentes & que la tradition les confirme?

Je puis ajoûter que les Calvinistes
& les Sociniens ne seroient pas moins
opiniâtres à soûtenir leurs sentimens,
quand les mots dont nous usons seroient
répandus en mille endroits de l'Ecriture.
Socin ne dit-il pas, pour revenir à mon
sujet, que si l'on trouvoit en termes for-
mels dans le texte sacré que Dieu s'est
fait homme, *a* qu'il a pris une chair humaine, qu'il s'en est revétu ; il faudroit
les expliquer & leur donner un sens figuré ? Le mot de *fils naturel* ne l'éton-
neroit pas : *b* il s'en tireroit en disant qu'il
a toûjours été en grace dés le commencement de sa naissance, & que par là il
est bien different d'un fils adoptif. Pourquoi chercher tant de subtilitez & s'épui-
ser en métaphores, parce que selon sa
Theologie les mysteres de la Trinité &
de l'Incarnation sont contraires à la raison ?

C'est dans cette persuasion que M. le
Clerc a détourné le sens des paroles
évangeliques, qui sont des témoignages
manifestes de la divinité du Redempteur.
Il a eu le front d'affoiblir la preuve que
Jesus-Christ en a donnée lui même & que
toute l'antiquité a révérée ; lorsqu'il dit
en S. Matthieu Ch. 22. *Quid vobis videtur
de Christo ? Cujus filius est ? Dicunt ei, David.
Ait illis : Quomodo ergo David in spiritu vocat eum Dominum, dicens : Dixit Dominus
Domino meo..... Si ergo David vocat eum
Dominum, quomodo filius ejus est ?* Comment David l'appelle-t-il son Seigneur,

*a Socin de la nature de Jesus-Christ.   b Socin contre
Vieck, & Bellarmin.*

s'il est son fils ? Ce raisonnement embar-
rassa les Pharisiens, ils demeurerent muets.
Il leur étoit pourtant aisé de répondre,
si l'interpretation de Socin, ou de M. le
Clerc est vraie. Socin dit que Jesus-
Christ, quoiqu'il fût un pur homme, étoit
neanmoins le Seigneur de David, parce
qu'il avoit reçû de son Pere une puissance
roiale sur tous les hommes. Il faisoit entendre par là, dit le nouveau Paraphraste,
qu'il y avoit une grande difference entre
David & le Messie ; & que par consequent
la dignité de Messie étoit céleste, puisqu'il
n'y en a point de plus grande sur la terre
que la roiale, & que David ne croïoit personne plus grand que lui.

Les Juifs qui vivoient en ce tems-là
ne croïoient-ils pas que le Messie qu'ils
attendoient seroit un homme, dont le
caractere est céleste : qu'il seroit plus
grand que tous les rois de Juda, & qu'il
étendroit sa domination sur toute la terre ? Les Rabbins, qui sont venus depuis,
ont grand tort ou de nier que ce Pseaume regarde le Messie, ou de l'ôter à
David pour l'attribuer tantost à Melchi-
sedec, tantôt à Eliezer ou bien à quelque
Musicien qui chantoit les louanges de son
Prince, &c. Il n'est pas nécessaire qu'ils
aient recours à ces sortes de défaites pour
répondre à l'argument que les *a* Peres &
les Theologiens en ont tiré lorsqu'ils ont
établi la divinité du Messie. La Para-

a Voyez S. Jean Chrys. sur le Chap. 22. de S. Matth.
Hom. 72. Tert. contre Praxeas & contre Marcion. liv. 4.
S. August. Serm. 51, de Conc. Matth. & Luc.

phrase de M. le Clerc leur fournit de
quoi se défendre. Aprés cela cet Auteur
voudra nous faire accroire qu'il n'est pas
du nombre des Sociniens ; à quelle marque veut-il donc qu'on les connoisse?

Je n'ai pas dit, nous répond-il, que
Jesus-Christ soit monté au ciel avant sa
prédication ; Or c'est ainsi que les Sociniens entendent ce passage de saint Jean,
Chap. 3. ℣. 13. *Nemo ascendit in cœlum,
nisi qui descendit de cœlo, Filius hominis qui
est in cœlo.* Personne n'est monté au ciel,
sinon celui qui est descendu du ciel, le
Fils l'homme qui est au ciel, ὁ ὢν ἐν τῷ
οὐρανῷ. ou bien qui étoit au ciel selon l'explication de Beze, lequel cite pour con-
firmer ce changement de tems qui plaît si
fort aux Sociniens, le Chapitre 6. ℣. 62. du
même Evangeliste. Que sera-ce donc, si
vous voïez le Fils de l'homme monter où
il étoit déja auparavant? *Quid, si videritis
filium hominis ascendentem ubi erat priùs?*
ἐπεὶ ἦν τὸ πρότερον. Calvin n'étoit pas si
subtil que lui; il ne s'étoit pas apperçû
de cette figure de Grammaire, non plus
que cent autres qui ont commenté S. Jean.
Il ne doit pas paroître extraordinaire, dit
Calvin, que Jesus Christ assure qu'il est
au ciel, tandis qu'il habite sur la terre:
car ce qui est propre d'une nature en Jesus-Christ s'attribuë à l'autre, à cause de
l'union personnelle qui est entr'elles. Suivant ce principe, qu'est il besoin de forcer
la Grammaire, & de donner un sens à ces
paroles, *Qui est in cœlo*, qu'elles ne présentent point naturellement à l'esprit? Jesus-Christ

ſus-Chriſt pouvoit dire également bien,
qu'il eſt au ciel, & qu'il étoit au ciel, &
il l'a dit en effet dans les deux endroits
que Beze a crû fauſſement paralleles l'un
à l'autre. Mais laiſſons là ces vétilles de
Grammaire, elles ne méritent pas que
nous nous y arrêtions.

Voyons ſi M. le Clerc a raiſon de me
reprocher que je n'ai pas lû les Sociniens,
& que je n'en ai qu'une connoiſſance trés-
imparfaite. Il faut le confondre, & le
faire reſſouvenir de la doctrine de ſes Maî-
tres. Il prétend que ces Hérétiques n'ont
jamais interprété ces paroles du Sauveur :
Nemo aſcendit in cœlum, &c. en ce ſens que
Dieu lui a communiqué ſes ſecrets. Il faut
avoir toute la hardieſſe du faiſeur d'harmonie, pour s'avancer juſques à ce point là.
Qu'il les reliſe ſes auteurs favoris & qu'il
les conſulte encore une fois. Ce n'eſt pas
à Slichting, ni au Catechiſme des Sociniens: c'eſt à ſon Patriarche Socin que je
le renvoïe, qui nous apprend que ſes confreres chercherent long-tems quel pouvoit
être ce lieu où Jeſus-Chriſt étoit auparavant, *ubi erat priùs :* a que ne l'aïant pû
trouver ils conclurent d'abord que ce ne
pouvoit être le ciel. Ils ſe défierent dans
la ſuite d'une interprétation ſi violente,
& s'imaginerent qu'ils arrêteroient le cours
de tant d'objections qu'on leur faiſoit, tirées de ces endroits des Evangiles, & des
Lettres Apoſtoliques, où il eſt dit que Jeſus-
Chriſt eſt deſcendu du ciel, & qu'il eſt
venu ſur la terre ; ils s'imaginerent, dis-

a *Socin. ad Paran. And. Volani.*

F

je, qu'ils en arrêteroient le cours, en sup-
posant qu'il avoit été véritablement au
ciel avant le tems de sa Prédication. Mais
parce qu'on les pressoit encore, & qu'on
leur demandoit sur quel Passage de l'Ecriture ils appuioient la nouveauté de leur
systeme, voici enfin la derniere réponse
qu'ils forgerent. Ou il faut interpréter,
dit Socin *a*, les paroles de Jesus-Christ &
les entendre à la lettre; ou il faut dire
que ce sont des métaphores. Si ce sont
des métaphores, nous ne voïons pas pourquoi il ne nous sera pas permis, plûtôt
que d'admettre des communications d'idio-
mes, de dire que le Seigneur parloit ainsi,
parce qu'avant sa glorieuse Ascension, non
seulement il étoit perpetuellement d'esprit
& de pensée dans le ciel; mais encore il
connoissoit si clairement toutes les chofes
célestes, c'est-à-dire, tous les secrets divins, tout ce qui est dans le ciel & tout
ce qui s'y fait, qu'il les contemploit ces chofes, comme si elles avoient été présentes à
ses yeux. Ainsi quoi-qu'il fût sur la terre,
on pouvoit dire qu'il demeuroit dans le
ciel. *Non videmus cur non potius dicamus ideo
dixisse Christum Filium hominis fuisse in cœlo,
antequam post resurrectionem eò ascenderet;
quia jam ante illud tempus, non modò in cœlo
mente & cogitatione perpetuò versabatur; verùm etiam omnia cœlestia, id est arcana quæ-
que divinissima, & ipsa omnia quæ in cœlo
sunt & fiunt, adeo cognita & perspecta ha-
bebat, ut ea tanquam præsentia intueretur:
& ita quamvis in terris degens, in ipso ta-*

a Voïez la 2. Réponse à Volanus.

men cœlo commorari dici possèt. Il répete ailleurs la même chose, & ne se laisse point d'en parler *a*.

Si M. le Clerc n'est pas content, qu'il jette les yeux sur les Commentaires de Wolzogen, il y verra que ces mots, *monter au ciel*, veulent dire, sonder & connoistre les secrets ou les mysteres célestes : *In cœlum ascendere, hoc loco significat, arcana atque mysteria cœlestia scrutari.* Jesus-Christ est descendu du ciel, continuë le même Auteur, parce que personne ne comprend les choses célestes, si ce n'est celui que Dieu a donné aux hommes pour docteur & pour maître, & qu'il a rempli d'une parfaite connoissance des choses célestes. *Nemo scit atque intelligit cœlestia, præter eum quem dedit hominibus doctorem ac magistrum: ideoque eum perfectissima cognitione rerum cœlestium implevit.*

Comparons maintenant la paraphrase de M. le Clerc avec la glose de ces deux Heros du Socinianisme. La voici telle qu'elle est dans la page 59. de son Harmonie. Personne ne connoist ce qui se « fait là (dans le ciel) excepté celui qui « a esté envoié aux hommes, & que Dieu « fait seul participant de ses secrets. *Ne-* « *mo novit quæ illic agantur, præter eum qui ad homines missus est, quem solum Deus arcanorum suorum participem facit.* Il connoissoit les choses célestes, dit Socin, c'est à dire les secrets divins. Dieu l'avoit rempli de la connoissance des choses célestes, selon Wolzogen. Dieu lui avoit communique ses secrets, selon M. le Clerc, & c'est en ce sens qu'ils enseignent tous trois, qu'on pouvoit dire de lui qu'il étoit au ciel, lors même qu'il vivoit sur la terre.

Ne sont-ce pas là les mêmes expressions, & la même doctrine ? Le Paraphraste nous dira quand il lui plaira la difference qu'il y trouve, & la raison qu'il a eûë de croire que j'ignorois le systeme des Sociniens. Ces sortes de bévûës sont ordinaires à cet Auteur ; il n'écrit contre personne qu'il ne tombe dans de pareils égaremens. On l'a relevé tant de fois ; d'où vient qu'il ne se corrige point ? Il lui seroit aisé, ce me semble, de préparer un peu plus ce qu'il met sur le papier.

Je m'assure que le Public nous fera justice à l'un & à l'autre ; qu'il le condamnera du moins de témerité, de précipitation, & d'oubli ; qu'il approuvera au contraire les justes reproches qu'on lui fait d'avoir travesti les Evangelistes, & particulierement S. Jean, le grand Prédicateur de la divinité de Jesus, de les avoir travestis, dis je, en de vrais Sociniens.

Les Commentaires de Slichting ne sont pas à beaucoup prés si favorables à M. le Clerc, qu'il se l'est imaginé. S'il s'étoit donné la peine de lire l'article tout entier qui est en question, il auroit découvert, ce que tout homme de bonne foy, qui ne s'aveugle point, & qui ne se fait pas une affaire de reculer quand il s'est avancé mal à propos, y verra ; que cet Auteur convient que quelques-uns de ses freres interpretent ces paroles , *Filius hominis qui est in cœlo*, d'une maniere métaphorique. Ceux qui ont ici recours à des métaphores , dit-il, le font sans nulle nécessité : *Qui hîc ad metaphoras & improprias locutiones confugiunt, sine ulla necessitate id faciunt.* Wolkelius qui est un des deux Auteurs du grand Catéchisme des Sociniens ou des cinq Livres de la vraie Religion, tient à peu prés le même langage. Outre cela , dit-il, comme les paroles de Jesus-Christ, prises dans le sens propre , ne renferment rien d'absurde *a* ; il n'est pas nécessaire de recourir à des figures , principalement à celles dont on ne peut point fournir d'autre exemple que celui qui est en question. Que si l'on veut absolument qu'elles soient métaphoriques, pourquoi ne dirons-nous pas que le Fils de l'Homme est descendu du ciel ; en ce sens, qu'il vient de Dieu , & qu'il nous a été envoié d'une maniere tout-à-fait singuliere ? *Præterea cùm Christi verba propriè accepta nullam pariant absurditatem ; nihil necesse est ad figuras , eas præsertim quarum nullum possis proferre exemplum , nisi id ipsum de quo controversia est, decurrere. Quòd si tamen tropum illis inesse volumus , cur non potius ipsum hominis filium disertissimè commemoratum eo sensu de cœlo descendisse dicimus , ut intelligamus eum à Deo fuisse profectum , ac singulari ratione missum ?* Crellius sur le Verset 38. du Chapitre 6. de l'Evangile de S. Jean : *Quia descendi de cœlo , non ut facerem voluntatem meam , sed voluntatem ejus qui misit me.*

a Voyez le Chap. 13. du Liv. 5. de la vraie Religion.

Parce que je suis descendu du ciel, non
pour faire ma volonté, mais pour faire
la volonté de celui qui m'a envoyé *a.*
Crellius, dis-je, convient qu'on peut donner un sens figuré à ces mots, *Descendi de
cœlo*, tant à cause de la maniere dont Jesus-Christ a été formé dans le sein de Marie, qu'à cause des choses célestes qu'il a
annoncées aux hommes. Ces Auteurs n'a-
voient garde de condanner absolument cette espece de métaphore, puisque Socin
dans ses explications de quelques endroits
de l'Ecriture oublie en quelque sorte la
réponse qu'il avoit faite à Volanus, &
prétend que le tour figuré dont il s'agit
ici, savoir que *le fils de l'homme être au
ciel*, veut dire connoistre les secrets du
ciel; est un tour tres-élégant, tres-aisé,
tres-propre, & même nécessaire pour expliquer comment il peut être vrai de dire que Jesus-Christ étoit au ciel tandis
qu'il habitoit sur la terre, & qu'il conver-
soit avec les hommes. Voici ses termes :
*Quòd si tamen quispiam ita pertinax esse ve-
lit, ut nullum tropum, quamvis elegantissi-
mum, eumque facillimum, ac præterea ipsi
loco accommodatissimum, seu potius necessa-
rium, qualis profectò iste est, in rebus istis
admittere velit, restat &c.* Il expose ensuite l'interprétation que M. le Clerc nous
a indiquée; savoir, que Jesus Christ étoit
monté au ciel avant que d'exercer le mi-
nistere de sa Prédication. Il fait effort
pour la rendre probable, & s'appuie sur
l'exemple de saint Paul, qui fut ravi jus-

a Crellius *sur le Chap. 6. de saint Jean.*

qu'au troisiéme ciel ; il croit qu'on ne
doit pas trouver étrange , si l'on en dit
autant de Jesus Christ.

Que M. le Clerc ne s'avise pas de vouloir nous donner ici le change , & de prouver fort au long , que Socin & Wolzogen
ont jugé que cette derniere façon d'expliquer le Verset 13. Chap. 3. de l'Evangile de S. Jean est la plus probable , je n'en
disconviens pas non plus que des contra-
dictions de Socin : mais malgré qu'en ait
nôtre Docteur , il sera toûjours constant
que l'une & l'autre maniere est en usage parmi les Sociniens. Ses lieux communs , ses
ennuieuses dissertations & ses invectives
n'empêcheront pas que l'on n'ait eu raison de lui faire l'objection qu'on lui a
faite dans les nouveaux memoires à l'égard
du Passage sur lequel il voudroit bien pouvoir se distinguer de ces heretiques.

Je dis plus. Quand les Sociniens , qui ont
écrit jusqu'à present, n'auroient point parlé
du sens figuré qu'ils attribuent à ces paroles , *Nemo ascendit in cœlum , nisi qui descendit de cœlo , filius hominis qui est in cœlo* ;
la glose de M. le Clerc n'en seroit pas
moins Socinienne ; parce qu'elle tend au
même but , qui est d'éluder les endroits
de l'Ecriture , qui établissent la divinité de
Jesus Christ.

Qui a jamais douté que les Theologiens
qui soûtiennent les mêmes theses , ne
soient dans les mêmes sentimens , quoi-
qu'ils en apportent des raisons differentes ?
Deux Sacramentaires , par exemple , qui
croiroient que l'Eucharistie n'est pas réel-

lement le Corps de Jesus-Christ ; l'un par
cette raison uniquement, qu'il juge la chose impossible, & contre la nature des corps
& des accidens : l'autre, parce qu'elle lui
paroist inutile pour le Sacrement, & que
la chair selon les paroles du Sauveur ne
sert de rien ; *caro non prodest quicquam.*
Ces deux Theologiens ne seroient-ils pas
tous deux Calvinistes ? A ce compte l'Auteur du Platoniste dévoilé ne sera pas
Socinien, parce qu'il va au même terme
par des voies inconnuës aux Sectaires de
Lithuanie.

M. le Clerc pour se justifier plus am-
plement, cite sa Paraphrase sur le commencement de l'Evangile de S. Jean, j'ai
déja fait voir qu'il y détruit le mystere
de l'Homme-Dieu, & cela me suffit ; le
reste n'est qu'une vision qui n'a point
d'autre fondement que dans son imagina-
tion. Je vais l'exposer aux yeux du lecteur, il jugera si je me trompe : voici
le discours qu'il attribuë au saint Evangeliste.

» Plusieurs personnes ont joint l'étude de
» la Philosophie païenne avec la Religion
» Juive ou Chrétienne, & débité bien des
» choses touchant la raison, la vie, la lu-
» miere, & le Fils-unique de Dieu ; lesquel-
» les ils ont enseignées à leurs disciples,
» comme des dogmes de la derniere conse-
» quence. Tout ce qu'ils ont dit n'étant
» pas faux, & tout aussi n'étant pas vrai ;
» afin qu'on puisse juger de ce qu'il en faut
» admettre, & de ce qu'il en faut rejetter,
» je déclarerai, avant que de commencer
l'histoire

l'hiſtoire de la miſſion de Jeſus-Chriſt, ce qu'il y a de conforme à ſa doctrine.

Cet exorde eſt ridicule & contre la vérité de la tradition : car tout le monde ſait que les raiſons qu'eut S. Jean pour parler comme il a fait au commencement de ſon Evangile, étoient, *a* 1° pour préſerver les fideles de l'erreur d'Ebion, de Cerinthe, & des Nicolaïtes qui vivoient de ſon tems, & qui nioient la divinité de Jeſus-Chriſt. 2° pour ſuppléer à ce qui manquoit aux autres Evangiles ; leſquels entre autres choſes n'avoient rien dit de la génération éternelle du Verbe.

Il me ſemble que j'entens déja M. le Clerc s'inſcrire en faux, & s'écrier que je n'ai pas lû S. Irenée, lequel dans le troiſiéme Livre des Héréſies Chap. 11. dit que S. Jean écrivoit à la vérité contre les Nicolaïtes & les Cerinthiens ; mais qu'il combattoit uniquement le ſyſtéme monſtrueux de pluſieurs dieux que ces gens-là introduiſoient dans le Chriſtianiſme. Car ils enſeignoient que le Createur du monde étoit different du Pere de Chriſt ; que cet homme qu'on nommoit Jeſus étoit le Fils du Createur, & que le Chriſt Fils du Dieu Souverain deſcendit ſur lui, qu'il demeura impaſſible juſqu'à la mort de Jeſus ; enfin qu'il s'en retourna dans ſon monde ſuperieur, & qu'il s'y réünit avec ſon Pere. M. le Clerc ajoûtera que ces heretiques diſtinguoient le λόγος du Fils unique, & il nous dira des merveilles ſur

a S. Jerome, des Hommes illuſtres. S. Epiphane, dans l'Her. des Aleg. &c.

G

la genealogie des Eons, il leur compare-
ra les idées de Platon, aufquelles S. Jean
ne penfoit affurément pas, lorfqu'il écri-
vit fon Evangile. Mais laiffons le Miniftre Socinien fe debattre tant qu'il voudra au milieu des Cerinthiens & des Pla-
toniciens, & tenons-nous-en toûjours à
cela, que faint Jean n'a point prétendu
autre chofe, finon nous apprendre que
le Verbe qui étoit en Dieu, & qui eft
Dieu, par lequel toutes chofes ont été
créées, s'eft fait homme ; ce que nioient
les Cerinthiens & les Gnoftiques qui vinrent aprés eux. *Secundùm autem illos*, dit
faint Irenée, *neque Verbum caro factum eft,
neque Chriftus, neque qui ex omnibus factus
eft Salvator.*

» Il eft vray, pourfuit M. le Clerc fous
» le nom de faint Jean, que la raifon étoit
» avant que le monde fût fait, parce que
» la raifon étoit alors en Dieu, ou pour
» mieux dire, qu'elle étoit Dieu même :
» La raifon, dis-je, étoit dans Dieu avant
» le monde ; car tout ce qui eft dans le
» monde eft fait avec une fouveraine rai-
» fon, & l'on ne fauroit y rien montrer
» qui foit fait fans raifon.

N'eft-ce pas là le langage d'un Anti-
trinitaire ? Où eft le Juif, le Mahometan
& le Socinien qui n'en dife pas autant
que M. le Clerc ? Quelle Secte a jamais
douté que Dieu ne foit un être intelli-
gent & raifonnable, qui ne fait rien temerairement & fans raifon. Il falloit fe
fervir du mot de *Verbe*, il falloit le di-
ftinguer d'avec Dieu le Pere comme a fait

viſiblement ſaint Jean, & ne pas confondre les Perſonnes en vrai Sabellien. Mais
cela ne s'accordoit pas avec les préjugez
Sociniens de M. le Clerc.

Il dira peut-être que je condamne dans
ſa Paraphraſe les expreſſions des Peres,
que S. Athanaſe, S. Gregoire de Nazian-
ze, S. Ambroiſe, S. Auguſtin & pluſieurs
autres, ont nommé le Fils auſſi bien que
lui la raiſon & la ſageſſe du Pere; que
quelques-uns prouvent l'éternité du Verbe par cette raiſon que le Pere n'a jamais
été ἄλογος, comme qui diroit, ſans raiſon. Ouï! mais ils ſe ſont expliquez ces
Peres, & par le mot de raiſon, ils n'en-
tendoient pas la puiſſance ou la faculté
de raiſonner; ils vouloient ſignifier la
raiſon & la ſageſſe du Pere exprimée,
pour ainſi parler, c'eſt-à-dire, la connoiſſance même ou la notion intellectuelle &
raiſonnable du Pere, λόγον, dit le ſavant
Jeſuite Petau, *pro expreſſa ratione ac ſa-*
pientia ſumunt, hoc eſt ſapienti & rationali
atque intelligibili ἐννοία, ſive notione.

Un Auteur qui paraphraſe l'Evangile
de S. Jean, ne doit-il pas éviter les termes équivoques, ſur tout ceux qui ne
ſont plus dans l'uſage commun, & qui
étant pris à la lettre contiennent des erreurs purement Judaïques. Et s'il eſt obligé quelquefois de s'en ſervir (ce qui n'arrive jamais) le deſſein qu'il a formé d'expliquer le texte ſacré, ne l'engage-t-il pas
à développer le ſens catholique & à l'ex-
poſer dans ſon ouvrage ? Il dit que la «
raiſon étoit en Dieu, ou plûtôt qu'elle «

» étoit Dieu même , parce que Dieu ne
» fait rien sans raison. Que m'apprend-
il par là , sinon que Dieu est raisonnable ?
La raison en ce sens est une proprieté es-
sentielle à la nature divine , & cette proprieté n'a rien de *notionel* , comme parlent
les Theologiens qui distinguent les Personnes entre elles.

»   La parfaite connoissance , continuë
» M. le Clerc , qui conduit les hommes
» à la vie éternelle , étoit dans cette seule
» raison ; laquelle raison , ou bien la-
» quelle lumiere , resida dans Jesus Christ
» seul , & se rendit sensible par son
» moyen. *In hoc demum homine sola con-*
» *federat lumen . . . . . per eum hominem cui*
» *inerat (ratio) conspicua facta est.* Voila
justement le Dieu manifesté en chair ,
tel que l'Auteur du Platonisme dévoilé nous le represente. M. le Clerc ose-
ra t-il soûtenir que ce n'est pas un Socinien ?

Je serois trop long , si je voulois rapporter tous les tours qu'il a pris pour
aneantir la foi de l'incarnation du Verbe ;
je ne puis cependant m'empêcher d'en
marquer encore quelques-uns. La raison
divine est dans Jesus Christ , dit-il , d'une
maniere qui lui est propre & particuliere ,
& c'est pour cela qu'il est appellé Fils de
Dieu , *qui Filius Dei est , nonquales nos sumus,*
sed peculiari eique proprio modo. Cette union
de Dieu , cette union tres-étroite de Dieu
avec Jesus-Christ , est une façon de parler que les Sociniens reçoivent volontiers , & dont ils usent souvent dans leurs

Commentaires. Ecoutons Crellius. *a* Je- «
sus-Christ dit qu'il étoit le Fils de «
Dieu, quand il appella Dieu son Pere, «
& il le dit d'une maniere singuliere & «
plus excellente encore qu'il n'avoit fait «
auparavant lorsqu'il ajoûta que son Pere «
& lui n'étoient qu'une même chose : «
Jesus-Christ est donc Fils de Dieu, «
comme il paroist par le Passage que «
nous expliquons, à cause du souverain «
amour que Dieu a pour lui, dont il «
lui a donné des marques. 1. en le desti- «
nant à un si grand emploi, (*tel qu'est* «
celui de Messie.) 2. en le comblant de «
graces pour le soûtenir dans cet emploi. «
Il est Fils de Dieu, poursuit cet Auteur, «
à cause de la ressemblance, & de l'union «
tres-étroite qu'il a avec lui, & cette «
ressemblance paroist dans sa sagesse, sa «
puissance, & son authorité divine : «
qualitez qui ont été si grandes dans «
Jesus, qu'elles nous font dire qu'il est «
plus semblable à Dieu qu'aux hommes, & «
qu'il est même égal à lui. «

Il est appellé le Fils de Dieu selon
M. le Clerc, parce qu'il est le Messie ;
parce qu'il est l'Envoié du Seigneur, &
qu'il nous porte sa parole ; parce qu'il est
nôtre Legislateur, nôtre Roy, nôtre Docteur & nôtre Maître ; parce que Dieu l'a
formé dans le sein de Marie ; parce qu'il
est le tres-saint Homme que Dieu devoit
envoier pour délivrer les Juifs. Est-il
possible qu'il n'ait point apperçû d'autre
raison dans l'Evangile pourquoi Jesus-

a Crellius sur le Chap. 10. de S. Jean.

Chrift eſt nommé le Fils de Dieu ? Quiconque n'eſt point infatué des erreurs de
Socin, y en trouve une autre, qui eſt la
principale, pour ne pas dire l'unique,
(car il eſt bon de lui épargner la peine
de lire Maldonat, & quelques autres Interpretes, qui croient que la maniere
ſeule dont il a été conçû auroit ſuffi pour
lui donner le nom de Fils de Dieu.)
Quiconque, dis-je, n'eſt pas Socinien, y
trouve encore que Jeſus-Chriſt eſt Fils
de Dieu, parce qu'il eſt conſubſtantiel
à ſon Pere, & qu'il eſt une même choſe
avec lui ; ce que Maldonat & les autres
qui n'ont pas crû devoir ſuivre en tout
& par tout les anciennes interpretations,
ont trouvé en pluſieurs endroits.

Ce n'eſt pas encore aſſez, M. le Clerc
nous le dépeint comme un homme aſſez
ſemblable aux autres durant ſes premie-
res années, puiſqu'il n'avoit pas toute la
perfection qu'il eut enſuite. *Il croiſſoit en
âge & en ſageſſe, parce, dit-il, qu'il de-
venoit de jour en jour plus conſtant & plus
ſage, Dieu le rempliſſant de toute ſorte de
bonnes qualitez.* Il ne reſtoit plus aprés
cela à nôtre Auteur que de mettre quelque part dans ſes notes, le raiſonnement
» de Crellius & de ſes confreres. Par là,
» dit cet heretique, on refute ceux qui
» diſent que Jeſus-Chriſt eſt Dieu ; &
» particulierement ceux qui enſeignent
» que la nature divine en Jeſus-Chriſt
» communiqua ſes proprietez à la nature
» humaine dés le premier moment de ſa
» Conception ; ou qu'elle répandit ſur

elle une si grande abondance de dons «
surnaturels, qu'il n'étoit plus possible «
de les augmenter. Les autres qui sont «
d'un sentiment contraire, & qui disent «
que ces dons pouvoient absolument ac- «
croître, sont obligez malgré qu'ils en «
aient de dire la même chose qu'eux, à «
moins qu'ils ne veüillent rompre l'union «
personnelle qui est entre les deux na- «
tures, & introduire deux entendemens «
qui sont les dernieres differences des «
Personnes, dont l'un ait une sagesse in- «
finie, & l'autre une sagesse bornée ca- «
pable d'accroissement ; ce qui est éta- «
blir deux differentes Personnes.

On auroit peut-être passé cet endroit-
là à nôtre Auteur, s'il avoit dit seulement un mot dans sa Paraphrase, qui fît
entendre au Lecteur qu'il ne parloit que
de l'humanité du Sauveur ; il auroit trouvé bien des protecteurs dans le Parti protestant *a* , que je serois bien fâché d'atta-
quer ici, quoi-que je sois persuadé que leur
doctrine sur ce point est tres-fausse , &
que les Peres qu'ils citent pour l'auto-
riser, ont varié.

M. le Clerc ne s'en tient pas là, il veut
que Jesus-Christ ait eu besoin pour se
fortifier contre la foiblesse humaine, de
lutter avec le demon, & de repousser ses
tentations. *Il fut conduit au desert*, dit-il
dans sa Paraphrase, *afin que par le mépris
des tentations du demon il affermist son cou-
rage , & que sa constance en devînt plus
grande.* Qui a jamais ouï dire que ces

a *Voyez Maldonat.*

épreuves fussent néceffaires au Sauveur,
lui qui renfermoit au dedans de lui même tous les threfors de la fageffe & de
la fcience de Dieu ?

Les faints Docteurs de l'Eglife s'étoient
autrefois fervis de ce Paffage, *Perfonne ne
connoift le Pere, finon le Fils ; & perfonne
ne connoift le Fils, finon le Pere,* comme
d'une preuve invincible de la divinité de
Jefus-Chrift ; mais leur raifonnement s'é-
vanouit, & n'eft d'aucune force fi l'explication de M. le Clerc eft conforme au
Texte. Je prie le Lecteur d'y faire une
férieufe attention, & de nous dire fi
c'eft là une traduction fidelle des paroles
» de Jefus Chrift. Tout ce que le Fils en-
» feigne, il l'a appris de fon Pere ; &
» perfonne ne fait ce que doit faire le
» Fils, ni ce qu'il doit fouffrir, fi ce n'eft
» le Pere. De même que perfonne ne
» fait les deffeins du Pere, finon le Fils,
» & celui à qui il lui plaira de les reve-
» ler. Il ne s'agit pas feulement là, dit
Calovius, des peines que le Fils doit en-
durer, & de la gloire qui lui eft prépa-
rée, mais il s'agit d'une pleine connoiffance du Fils ; car on ne pourroit pas
dire abfolument de celui qui ne l'auroit
pas, ἐπιγινώσκει τὸν υἱόν : la connoiffance par
laquelle le Pere connoît fon Fils, n'eft
ni partielle, ni imparfaite, ni apprehen-
five feulement, mais totale, parfaite &
comprehenfive ; d'où il s'enfuit que la
connoiffance que le Fils a de fon Pere
eft de la même nature. C'eft ainfi que
raifonne un Interprete Antifocinien.

Je demanderois volontiers à M. le Clerc
fi Jefus-Chrift, lorfqu'il dit à faint Phi-
lippe *a* que celui qui le voioit, voioit auſſi
fon Pere : *Qui videt me, videt & Patrem
meum.* Je demanderois, dis je, volontiers,
s'il prétendoit uniquement ſignifier par
là, qu'il étoit l'Ambaſſadeur viſible du Pere
inviſible. *Patris inconfpicui confpicuus fum
legatus.* Les Sociniens en font convain-
cus, parce, dit Wolkélius *b*, qu'il ne pouvoit pas venir dans la penſée de Jefus-
Chrift, d'aſſurer qu'en le voiant lui & en
le connoiſſant, on voioit & on connoiſ-
ſoit l'eſſence de Dieu le Pere.

Quand le Sauveur dit à ſes diſciples *c*,
qu'ils ſauroient aprés ſa reſurrection, qu'il
eſt dans ſon Pere, & que ſon Pere eſt
dans luy, ne parloit-il point d'autre choſe, que des deſſeins de ſon Pere, qui lui
étoient connus ? *Intelligetis me verè parter-
norum confiliorum confcium eſſe.* C'eſt le ſen-
timent de M le Clerc, que nul Socinien
ne deſavoûera.

Par tout où Jefus Chrift dit qu'il eſt
une même choſe que ſon Pere, n'a t-il en
vûë qu'une ſimple conformité de volonté ? ne penſe t-il jamais à l'unité de ſubſtance ? Les Ariens l'ont crû ainſi ; les Sociniens les ont ſuivis ; le Paraphraſte les
a copiez fidelement.

Enfin nôtre Auteur qui eſt ſi clair-
voiant, & qui épluche juſqu'aux moindre choſes, ne trouve pas un ſeul mot
dans le Chapitre 5. de S. Jean qu'on doi-

a *S. Jean. Chap.* 14. *v.* 9.   b *De la vraïe Relig.
Liv.* 4. *Chap.* 10.   c *S. Jean. Chap.* 14. *v.* 20.

ve expliquer de la divinité de Jesus-
Christ. Les saints Peres & les Theologiens orthodoxes ont beau faire valoir la
démonstration qu'ils fondent sur ces paroles, *Pater meus usque modò operatur, &
ego operor.* Mon Pere ne cesse point d'a-
gir jusqu'à maintenant, & moi je ne cesse
point d'agir non plus que lui. Ceux qui
sont persuadez que M. le Clerc ne s'é-
carte jamais du véritable sens de l'Evangile, & qu'il est heureux dans ses conjectures, s'en mocqueront, & la regar-
deront comme un sophisme qu'il est aisé
de résoudre, quand on a une fois l'intelligence des termes. Voions donc ce
qu'ils signifient dans sa Paraphrase. *Mon
Pere céleste fait chaque jour une infinité de
choses en faveur des hommes, sans avoir
égard au jour du Sabbath : si je l'imite moi,
vous ne devez pas le trouver mauvais.* Cela
veut dire que Jesus Christ peut guérir les
malades le jour du Sabbath, de même que
son Pere agit tous les jours par sa pro-
vidence, & pourvoit aux besoins des hommes. Mais le texte sacré ne restreint point
l'action du Sauveur à ses seuls miracles,
ou à une simple imitation ; il dit absolument que son Pere agissoit, & que lui
agissoit aussi jusqu'alors : l'action du Pere
n'étant autre chose que la conservation de
l'univers depuis le commencement de sa
création, il s'ensuit évidemment que l'a-
ction du Fils est la même. C'est mal conclure,
diront les Partisans de M. le Clerc, il n'est
pas necessaire de donner une si vaste étenduë à l'action de Jesus-Christ ; autrement

il faudroit avouer qu'il eſt le Dieu ſouverain.

D'où vient donc que les Juifs pleins
de colere & d'indignation le traitterent
comme s'il eût blaſphémé contre Dieu?
En quoi conſiſte ce blaſphéme prétendu?
On ne le croiroit pas ſi la nouvelle harmonie ne nous l'apprenoit : c'eſt que ſelon
les Juifs Jeſus-Chriſt *parloit en termes peu
religieux*, parce qu'il appelloit Dieu ſon
Pere, & non pas nôtre Pere, & qu'ainſi
il ſembloit s'égaler à Dieu. Quel eſt l'Interprete, s'il n'eſt pas Socinien, qui ſe
ſoit exprimé en ces termes? *Jeſus-Chriſt en
nommant Dieu ſon Pere ſembloit s'égaler à
lui.* Tous ne conviennent-ils pas qu'il
faiſoit entendre par-là, qu'il étoit le Fils
naturel de Dieu, & que par conſequent
il étoit égal à Dieu? Les Juifs le conçû-
rent en effet, ils en furent ſcandaliſez, &
chercherent l'occaſion de le perdre. *Pro-
pterea ergo magis quærebant eum Judæi in-
terſicere, quia non ſolùm ſolvebat ſabbatum,
ſed & Patrem ſuum dicebat Deum, (æqualem
ſe faciens Deo.)* Pourquoi le vouloient-
ils tuer? parce qu'il ſembloit ſe vouloir
faire égal à Dieu? Nullement; mais parce
qu'il ſe faiſoit égal à Dieu. A entendre
cet *il ſembloit* de M. le Clerc, ne diroit-
on pas que les Juifs interprétoient fort
mal les paroles du Sauveur, & qu'ils leur
donnoient un ſens auquel il ne penſoit
pas? Si ce n'eſt pas là parler en Socinien
& en Socinien outré, j'avouë que je ne
m'y connois pas. Mais on ne m'ôtera jamais de l'eſprit, qu'un homme qui entre-

prend d'expliquer les Evangiles, & qui
ne fait nulle mention de la divinité de Jesus Christ, non plus que s'il n'y en étoit
point parlé du tout, ou du moins qui ne
nous la repréſente que comme une divinité métaphorique ; on ne m'ôtera, dis-
je, jamais de l'eſprit qu'un homme de ce
caractere ne ſoit dans les ſentimens de
Socin. En vain tâcheroit-il de ſe juſtifier,
en recueillant de differens Auteurs, & Catholiques, & Proteſtans, des interprétations à peu prés ſemblables aux ſiennes.
Il ne gagnera rien auprés des perſonnes
éclairées en matiere de Religion, & qui
ſont prévenuës contre les artifices de
l'Héréſie.

C'a été la méthode de tous les Nova-
teurs, & en particulier des Sociniens,
de s'autoriſer du nom des Peres & des
Theologiens, de les détacher les uns des
autres, & de les tourner à leur avantage,
lorſqu'il leur eſt échappé quelque expreſſion qu'ils puiſſent ajuſter aux rêveries
de leurs Commentateurs. Tantôt c'eſt
ſaint Auguſtin qui a penſé comme eux
ſur un Paſſage de l'Ecriture, tantôt c'eſt
ſaint Cyrille à l'égard d'un autre ; ſaint
Athanaſe & ſaint Ambroiſe leur ſervent
de rempart pour un troiſiéme ; Eraſme,
Calvin, Beze, Maldonat leur répondent
d'un quatriéme, & Grotius de la plûpart.
Ils étalent avec pompe la multitude & la
diverſité de ces ſuffrages, ils en font un
corps de pieces rapportées qu'ils nous
mettent éternellement devant les yeux ;
ce qui n'empêche pourtant pas que nous

ne les regardions comme les ennemis du Christianisme. Pour les Auteurs qu'ils citent ainsi par lambeaux, à Dieu ne plaise que nous les accusions d'avoir nié la divinité de Jesus-Christ, ils nous ont donné dans leurs Ouvrages tant de marques de la sincerité de leur foy touchant cet article de nôtre sainte Religion, & ils se sont déclarez si souvent, qu'il faudroit être bien injuste pour leur faire de pareils reproches.

Quant à l'harmonie de M. le Clerc, je n'y vois pas la moindre trace, par où on puisse connoître que Jesus-Christ est le Dieu supréme, c'est pourquoi je puis prononcer hardiment sans crainte de me tromper, que son Evangile est l'Evangile d'un Socinien.

Il s'est assez déclaré, dira-t-il, pour la verité de ce mystere dans les livres qu'il a composez autrefois; & il prendra à témoin tous ceux qui les ont lûs. Que pourrois-je conclure de là, sinon qu'il a changé de Religion? Il est ordinaire aux Protestans de Hollande de voltiger pour ainsi dire, & de passer de secte en secte, sans jamais se fixer à rien. D'abord ils sont Calvinistes rigides, puis Arminiens, ensuite Sociniens, enfin Spinosistes, ou indifferens. C'est-là le sort de presque tous ceux qui n'ont point de regle sûre qui les détermine, & qui ne s'en rapportent qu'à leur foible raison. Mais non, M. le Clerc n'a point changé de Religion, il est toûjours le même : il avoit déja jetté avant son départ de Geneve, les premiers fondemens de ses erreurs.

On peut voir, dit-il, dans mes Notes

sur les Ouvrages de Hammond combien je suis éloigné de la doctrine de Socin. C'est un point que nous examinerons une autre fois. En attendant il est bon de l'avertir qu'en parcourant ses Notes, je n'ai rien remarqué qui ne sente bien fort son Socinien. Je vais lui en donner deux ou trois exemples. 1. Je me suis apperçû que Hammond sur ce Passage de S. Paul dans l'Epître aux Romains Chap. 9. v. 5. *Quorum patres, & ex quibus Christus secundùm carnem, qui est super omnia Deus benedictus in sæcula* : Qui ont pour peres les Patriarches, & desquels est sorti, selon la chair, Jesus-Christ, qui est Dieu élevé au dessus de toutes choses. Je me suis apperçû, dis-je, que cet Auteur explique le *Deus benedictus in sæcula*, de la divinité de Jesus-Christ. *Hic locus usque adeò perspicuum est pro divinitate Christi argumentum, ut Proclus de fide, pag. 53. dicat eo* » *coargui omnes hæreticos.* Cet endroit est » une preuve si évidente de la divinité » de Jesus-Christ, que Proclus assûre dans » son Livre de la Foi, qu'il n'en faut pas » davantage pour convaincre tous les heretiques ; & cela paroît d'autant plus » certain, ajoûte le Docteur Arminien, » que c'étoit la coûtume des Hebreux » d'user de cette formule, lorsque le » grand Prêtre entroit dans le Sanctuaire : » *Benedictum sit nomen gloriæ regni ejus in* » *sæcula.* Que le nom de la gloire de son » regne, ou le nom glorieux de son regne » soit beni dans tous les siecles.

M. le Clerc, en bon Socinien, n'a pas

manqué de relever ici Hammond. Il «
seroit à souhaitter, dit-il, que ce sa- «
vant homme eût examiné l'observation «
de Grotius sur ce Passage, plûtôt que «
des fables Judaïques, qui ne font pres- «
que rien au sujet ; sur tout Erasme «
aïant déja dit sur cela, ce qui suffit «
pour détruire la conclusion qu'on en «
tire ordinairement : car si ce que Gro- «
tius, & avant lui Erasme ont observé «
est vrai, le raisonnement de Hammond «
n'est pas fort convainquant. *Optandum* «
esset à viro doctissimo ad examen revocatam
fuisse animadversionem Hugonis Grotii ad
hunc locum, potius quàm fabellas Judaicas
ad rem parum facientes exscriptas ; cùm præ-
sertim D. Erasmus dudum ea scripsisset, qui-
bus potest labefactari quod hinc deduci solet.
Si enim stet quod Grotius observavit, aut
ante illum Erasmus, Hammondi ratiocinatio
satis firma non erit. M. le Clerc conjure
le lecteur de les consulter, ces observa-
tions. Je les ai lûës il y a déja long-tems,
& je sai même que les Sociniens en ont
profité. Ils mettent un point aprés ces
paroles, *Ex quibus est Christus secundùm*
carnem, & rapportent ce qui suit au Pere Eternel, ὁ ὢν ἐπὶ πάντων θεός, Dieu le
Pere, qui est au dessus de toutes choses,
soit béni dans tous les siecles. C'est ainsi
que le faiseur d'additions aux Notes de
Hammond se declare contre les Sociniens.
S'il eût apprehendé qu'on ne le soupçon-
nât de s'entendre avec ces heretiques, il
auroit prévenu le lecteur à l'exemple
d'Erasme, & nous auroit averti qu'il y a

d'autres endroits dans l'Ecriture, qui démontrent que Jesus-Christ est Dieu, aussi bien que son Pere & le saint Esprit. *Quanquam ex aliis Scripturæ locis sole clarius est Christum non minùs verè dici Deum, quàm Patrem, aut Spiritum sanctum.* 2. M. le Clerc ne se declare-t-il pas contre les Unitaires d'une maniere qui doit contenter un esprit raisonnable, & lever tous les scrupules qu'on pourroit avoir, à l'occasion de ce que dit S. Jean dans sa premiere Epître Chap. 5. v. 7. *Quoniam tres sunt qui testimonium dant in cœlo, Pater, Verbum, & Spiritus sanctus; & hi tres unum sunt?* Car il y en a trois qui rendent témoignage dans le ciel, le Pere, le Verbe & le saint Esprit; & ces trois sont une même chose. Tout ce que dit Hammond sur ces paroles de l'Apôtre est un pur galimatias, selon M. le Clerc. Aussi à quoi pensoit ce bon Arminien de prouver par ce Passage la Consubstantialité des trois Personnes divines, & de joindre à l'autorité de l'Ecriture les témoignages des Peres qui ont vécu avant le Concile de Nicée? Son Traducteur s'embarrasse fort peu de la tradition, & prétend qu'il est clair comme le jour, que ces mots *& hi tres unum sunt*, ne doivent point s'entendre de l'unité de nature, mais de consentement. *Vitilitigatur noster contra doctissimos quosque interpretes, qui, unum sunt, interpretantur de consensu.* Qui sont ces savans Interpretes contre qui Hammond s'escrimoit? Ce sont sans doute des Sociniens.

S'il

S'il s'étoit contenté de montrer que le Verset dont il s'agit, est tres-douteux, & qu'il n'est pas hors d'apparence qu'il a été inseré dans le texte, d'autant plus qu'il semble n'avoir point de liaison avec ce qui précede, & que d'ailleurs les premiers Peres de l'Eglise ne l'ont point cité, qu'on ne le trouve point dans les anciens manuscrits Grecs & Latins ; je n'aurois rien à lui dire, trop de gens prendroient sa défense : mais qu'il veuille bien supposer qu'il soit du texte de l'Epître, & qu'il explique ensuite le *unum sunt* de l'union des volontez, c'est ce que nul Catholique, ni Protestant n'approuvera.

Le même Arminien Anglois paraphrase le Chapitre premier de l'Epître aux Hebreux en homme convaincu que la divinité de Jesus-Christ y est clairement exprimée, & il a raison ; car les ennemis de ce mystere n'ont dit jusqu'à présent que des impertinences sur les paroles de saint Paul, qui font voir & leur embarras, & leur peu de bonne foi. Laissons faire l'Auteur des additions, il trouvera bien le moyen de se débarrasser. *a* Le Seigneur a fait les siecles par Jesus Christ, c'est-à-dire par la raison qui est unie étroitement avec lui. Il est l'image & la figure, ou le caractere de la substance de son Pere ; parce que Jesus-Christ-homme est la splendeur de la gloire de Dieu, par la puissance qu'il avoit de faire des miracles. L'Ecrivain sacré parloit de la nature humaine, & non de la divine ;

a Voyez son sisteme de la raison divine.

H

» afin que les Hebreux compriſſent qu'il
» diſoit vrai. *De natura autem humana opor-*
tet loqui divinum Scriptorem , ut poſſint He-
bræi intelligere vera ab illo dici. Grand Dieu!
peut-on ſouffrir dans un état chrétien un
ennemi du Fils de Dieu , ſi ouvertement
déclaré ? Il a raiſon de s'applaudir de ce
qu'il eſt dans un païs libre, où la conſcien-
ce de perſonne n'eſt geſnée , & où il eſt
permis aux Auteurs de publier tout ce qui
leur plaît. Par tout ailleurs on puniroit
une ſemblable licence. Je le félicite de ne
s'être point retiré en Angleterre ; il y auroit eu à craindre le même ſort que ſes
Livres. L'Archevêque de Cantorbery eſt
un terrible Prélat , il ne fait nul quartier
aux Sociniens. Mais revenons à la Paraphraſe des Evangiles , & finiſſons cette
diſſertation , qui n'eſt déja que trop longue par un endroit , lequel ſeul doit paroître déciſif à quiconque entend la matiere.

Perſonne n'ignore que la plus ſpecieu-
ſe objection que les Sociniens nous aïent
faite , & ſur laquelle ils érigent des tro-
phées imaginaires , eſt priſe des paroles du
Sauveur en S. Jean Chap. 17. v. 3. *Hæc*
eſt autem vita æterna ut cognoſcant te ſolum
Deum verum , & quem miſiſti Jeſum Chri-
ſtum. Or c'eſt-là la vie éternelle que les
hommes vous connoiſſent , vous qui êtes
le ſeul vrai Dieu. a Dieu le Pere , diſent
là-deſſus ces heretiques , eſt ſeul le vrai
Dieu ou le Dieu ſouverain , ſelon le témoignage de Jeſus-Chriſt. Car ce mot

a *Voyez Crellius.*

de *seul* étant exclusif, il exclud le Fils &
le saint Esprit de la divinité ; puisque
s'ils étoient le vrai Dieu comme le Pere,
il seroit faux que le Pere fût seul le vrai
Dieu.

Ce raisonnement est le même que celui des Arriens, auquel les saints Peres
ont répondu. *a* 1. Que le Fils est aussi le
vrai Dieu, parce qu'il est compris dans
les paroles que l'on cite, & qu'il est joint
avec le Pere par la conjonction *&*. *Hæc
est vita æterna, ut cognoscant te solum Deum
verum, & quem misisti Jesum Christum.* b
Qu'ils connoissent que vous , & Jesus-
Christ que vous avez envoïé, êtes le seul
vrai Dieu.

2. Ils disent que le mot de *seul* n'exclud que les Dieux des Gentils, & que
ces paroles , *ut cognoscant te solum*, &c.
signifient qu'ils connoissent que vous étes
le seul vrai Dieu ; c'est-à-dire, que vous
étes celui, lequel seul est le vrai Dieu.
En effet l'article grec en est une marque
certaine , ἵνα γινώσκωσί σε τὸν μόνον ἀληθινὸν
θεόν ; *ut cognoscant te eum esse, qui solus est
verus Deus.* Par là le Fils & le S. Esprit
ne sont point exclus de la divinité, puisqu'ils sont aussi celui qui est le seul véritable Dieu.

Qu'a fait M. le Clerc dans sa Paraphrase, pour parer à toutes les difficultez
en faveur du Socinianisme, & renverser
s'il étoit possible, les Réponses solides de
nos Theologiens? Il a fait entrer le mot

<hr>

a S. Ambr. S. August. Bede. b *Voïez l'Auteur du
traité de la Trinité qui est parmi les Ouvrages de Tertull.*

de *seul* dans le sujet de la proposition, afin que l'on conçût qu'il n'y a que le Pere qui soit le Dieu souverain ; & que ce n'est pas seulement les Dieux des Gentils qui sont exclus, mais encore le Fils & le S. Esprit ; *ut cognoscant te , qui solus verus Deus es* : qu'ils vous connoissent, vous qui étes seul le vrai Dieu. C'étoit-là un endroit Critique , & si M. le Clerc n'étoit pas Socinien, l'auroit-il paraphrasé comme il fait ?

Je suis persuadé qu'on trouvera fort étrange que je m'aplique ici serieusement à prouver le Socinianisme de l'Auteur de l'Harmonie. Personne n'en doute ni en France, ni en Angleterre, ni en Hollande. Les Unitaires le reconnoissent comme une des plus fermes colonnes du Parti. *a* Ils le citent dans leurs Ouvrages avec une complaisance qui fait bien voir qu'il est uni d'interest avec eux. Il se tuë à faire des Apologies, où il a soin de ne rien dire qui puisse nuire aux erreurs qu'on découvre dans ses Livres. Il ne fait que biaiser & tourner tout au tour. C'est la conduite qu'il a gardée dans les Ecrits qu'il a ajoûtez aux nouveaux Mémoires de Trévoux. Pour excuser quelques unes de ses fausses interprétations, il va chercher dans des Auteurs qui n'étoient pas à la vérité Sociniens (j'en excepte toûjours Grotius dont je ne répons pas) mais qui étoient hardis audelà de ce qu'on peut croire : il va chercher, dis-je, s'ils n'ont rien écrit qui s'accommode à son systeme ; & si par mal-

____
a Voïez l'Auteur du Platonisme dévoilé.

heur ils lui sont contraires , il raisonne
sur le texte , & sans parler des Sociniens ,
il apporte sans façon leurs Gloses & leurs
Réfléxions.

On sait , dit-il , que l'Auteur de l'Har- «
monie est trés-éloigné des sentimens des «
Sociniens ; sur tout pour ce qui regarde «
les raisons , pour lesquelles Jesus-Christ «
est appellé Dieu. J'ai montré clairement «
qu'elles sont les mêmes , & qu'il tient le
même langage qu'eux. Mais quand elles
differeroient ces raisons , s'il ne dit rien
qui me fasse connoître que Jesus-Christ
est le Dieu souverain , croirai-je pour cela , qu'il déteste leurs erreurs ? Il est inutile de repeter ce que j'ai déja dit sur sa
Paraphrase de l'Evangile de saint Jean. Il
est vrai que je n'y trouve point les Ho-
melies de Smalcius ; mais il est vrai aussi
que je n'y vois rien qui ne détruise la
divinité de Jesus-Christ.

L'Auteur de l'Harmonie , poursuit «
M. le Clerc , devoit-il faire parler S. Jean, «
comme on a parlé depuis les querelles de «
Nestorius & d'Eutyches ? Il auroit mieux «
fait , & sa Paraphrase auroit représenté
le sens du texte , tel qu'il est. On en seroit
édifié , & les bruits que causent ses Livres
dans tout le monde chrétien cesseroient
bientôt. Du moins il ne falloit pas faire
parler saint Jean d'une maniere qui fît
croire que la divinité ne s'étoit renduë
visible par Jesus-Christ-Homme , que comme elle s'étoit renduë sensible aux Patriarches de l'Ancien Testament , par le moyen
des corps dont elle se servoit , pour y

faire éclater sa gloire. S'il ne vouloit pas faire parler saint Jean comme on a parlé depuis le Concile d'Ephese & de Chalcedoine, il ne devoit pas le faire parler selon un nouveau Systeme tout Socinien.

Enfin puisqu'il est tems de conclure ce premier article ; qu'il s'agite tant qu'il voudra ; qu'il aille fourrager, *je le lui permets*, dans tous les Scholiastes anciens & nouveaux ; qu'il mette en œuvre tout ce que l'Art du Paralogisme a de plus subtil, je le défie lui & sa cabale de répondre à ce raisonnement. Un Auteur qui interpréte les Evangiles, & qui explique les Passages que les Sociniens nous objectent, & ceux que nous leur opposons, qui les explique, dis-je, conformément à leur doctrine, est un homme dévoué au parti Socinien. Or c'est ce qu'a fait M. le Clerc dans sa Paraphrase, donc, &c. je lui laisse la conclusion à tirer, & je passe au second article que je me suis proposé de prouver ; savoir, que les exemples que j'ai rapportez de ses interprétations forcées sont bien choisis, & qu'il est impossible d'y répliquer.

Le premier est dans la page 212. & 213. de sa Paraphrase. *Ce n'est pas sans raison que je vous ai donné le nom de Pierre ; car par vôtre prédication & vôtre constance, vous serez comme une pierre, sur laquelle j'établirai mon Eglise ; & nulle crainte de la mort ne pourra vous ébranler.* Je dis que cette explication est forcée ; car il n'est fait aucune mention en cet endroit-là de la prédication de S. Pierre, ni de sa constan-

ee. Il y est dit seulement qu'il confessa
que Jesus-Christ est le Fils du Dieu vi-
vant, & que c'est pour cela qu'il fut établi la pierre fondamentale de l'Eglise, pour
en soutenir aprés son Maître tout l'édifi-
ce. Pourquoi ajoûter par vôtre prédication & vôtre constance? Quand S. Pierre
n'auroit point souffert le martyre, cela
n'empêcheroit pas qu'il ne fût la pierre
fondamentale, & qu'il n'eût reçû, comme Chef & Conducteur des fideles, les
clefs de la nouvelle Jerusalem, c'est à
dire de l'Eglise. La prédication & la constance lui sont communes avec les autres
Apôtres. Quel est donc l'avantage particulier que Jesus-Christ lui promet pour
récompense, d'avoir publiquement con-
fessé sa qualité de Fils de Dieu ? C'est
uniquement, selon M. le Clerc, que Pierre a presché le premier ; & c'est aussi en
ce sens là qu'il veut que cet Apôtre soit
la premiere pierre sur laquelle est fondée
l'Eglise. Est-il rien de plus vain, de plus
violent, & de plus forcé ? J'en appelle à
témoin toutes les sectes chrétiennes qui
sont au monde, & tous ceux qui ont commenté ou traduit les Ecritures: y en a-t-
il un seul qui se soit jamais avisé d'une
subtilité semblable, si ce n'est Lighfoot,
ou Grotius ? encore font ils tomber ce
sens, non sur la pierre fondamentale, mais
sur les clefs.

La crainte de la mort, continuë le Paraphraste, *ne pourra jamais vous ébranler.*
Au-lieu de dire, *Les portes de l'Enfer ne
prévaudront point contre cette Eglise.* Je

foutiens encore avec les Interpretes, que les portes de l'enfer signifient ici les forces de l'empire de Satan, lequel s'opposera vainement à l'Eglise de Jesus-Christ : car, malgré les persecutions que ce cruel ennemi suscitera contre elle, l'Eglise du Seigneur subsistera toujours jusqu'à la fin des siecles. C'est ce qu'il promet par ces paroles, & *portæ inferi non prævalebunt adversus eam.* Origene, S. Epiphane, S. Cyrille, S. Jerosme, S. Ambroise, Euthymius, Isidore, toute l'antiquité d'un commun consentement, de l'aveu même de Grotius, expose ainsi ce Passage. *De Diaboli aut etiam de improborum molitionibus tanto consensu hunc locum exponi valde miror.* Il en est surpris. La raison de sa surprise, nous l'examinerons tout à l'heure, puisque M. le Clerc l'a empruntée de lui. Mais les autres Interpretes n'en sont point étonnez. Il est manifeste, dit Calovius, qu'il s'agit là de l'Eglise, & que les portes de l'enfer sont prises pour le regne, la puissance, & la tyrannie infernale.

» Le mot grec ᾅδης, dit nostre Auteur
» aprés Grotius, ni le latin *infert*, ne si-
» gnifient point dans l'Ecriture ce que
» nous entendons vulgairement par ce
» mot françois *enfer*. Qu'on cherche dans
» les Concordances les mots *a scheol* &
» ᾅδης, on ne trouvera nulle part qu'ils
» soient pris pour le lieu des damnez, ou
» pour les demons qui y sont tourmentez.

Que veut il dire avec ses Concordan-

a שאול.

ces ? que m'apprendront-elles , fi ce n'eft
peut-être les endroits des faints Livres où
ces deux mots fe rencontrent ? m'en dé-
couvriront . elles le véritable fens ? Par
exemple, il eft écrit dans le Chapitre 16.
des Nombres, que Dathan & Abiron furent enfevelis tout vivans dans l'enfer.
Les Concordances peuvent-elles m'inftrui-
re de la fignification du mot *fcheol* en ce
paffage ? Il faut, ce me femble , s'en rapporter aux Interpretes qui favent l'Hebreu un peu mieux que M. le Clerc. Je
confulte donc faint Jerôme *a* , il l'explique
du lieu où font tourmentez les damnez.
S. Epiphane *b* ne l'entend point autrement.
Faudra-t-il que je les abandonne pour fui-
vre les frivoles conjectures de quelque
Hérétique, ou de quelque Rabbin ? Et fi
par hazard un Catholique ou deux fe font
égarez, faudra-t-il que je marche fur leurs
pas, & que je me laiffe entraîner aprés eux ?
Peut-être encore que je ne reculerois pas
tous ces gens là , fi M. le Clerc les vouloit
prendre pour juges ; s'ils me font contraires à l'égard de ce paffage, ils me feront favorables par rapport à d'autres.
Pfiffer m'affurera que *fcheol* fignifie tantoft le fepulcre, & tantoft l'enfer, *certum*
eft aliàs notare tam fepulcrum quàm infer-
num. Le Rabbin Salomon Jarchi fur le
Pfeaume 9. cite Abba fils de Zebedée fur
ces paroles, *Convertantur peccatores in in-*
fernum, fcheolah; lequel dit que les impies
au jour du Jugement feront tirez de l'en-

<hr>

a Saint Jerôme fur le Chap. 4. aux Ephef. b *S. Epiph.*
in Anchor.

I

fer ; c'est-à dire du lieu de la gesne , &
qu'ils y retourneront.   Il explique ces
mots *iaschouvou lischeolah , revertentur in
infernum ceu in locum insimum gehennæ* , &
non pas *convertantur*. Rabbi Salomon fils
de Melech rapporte la même chose. Rabbi Josue fils de Levi met *scheol* au nombre des mots dont on se sert pour exprimer la gesne ou l'enfer. Le grand Com-
mentaire sur la Genese , *(bereschit Rabba)*
confirme le sentiment de ce Rabbin. Les
Syriens dont la Langue n'est qu'une Dia-
lecte de l'Hébraïque, ne nomment-ils pas
l'enfer *scheol* ? & dans la Version Arabe
scheol n'est-il pas traduit en plusieurs endroits *giahimon* , c'est-à-dire l'enfer , le
lieu où il y a un feu tres-ardent ? Voiez-
la sur ce Verset du Pseaume 139. *Si as-
cendero in cælum , tu illic es ; si descendero
in infernum , ades.* Les Thalmudistes re-
marquent , dit Genebrard , que lorsque le
he est ajouté à la fin de *scheol* , il signifie
non seulement l'enfer , mais encore , pour
me servir de leurs termes, le plus bas étage de l'enfer. Je sai bien que cette observation Rabbinique n'est pas toujours vraie,
je ne prétends pas aussi la garantir. Olea-
ster , qui est un des plus ardens à soutenir que le *scheol* des Hebreux ne signifie
ordinairement que le sepulcre , convient
cependant que le Verset 33. du Chap. 16.
des Nombres doit s'entendre de l'enfer,
proprement dit. Pererius qui est sans
doute un habile homme a fait une longue dissertation sur cela , & prouve tres-
bien , autant que j'en puis juger , qu'il a

quelquefois la signification que nous y donnons. Mariana, Bellarmin, Bonfrerius, tous gens distinguez dans l'intelligence des Langues & de l'Ecriture, s'accordent en ce point-là , à quelque petite difference prés qui n'est pas de consequence, & qui ne fait rien au fond de l'affaire. Enfin pour ne pas fatiguer M. le Clerc par le Catalogue d'une foule d'Auteurs que je pourrois lui opposer, je reviens à ses Concordances : que disent-elles dont il puisse tirer avantage contre moi ? Kircher qui les a faites parle en ces termes sur le mot *scheol. Vertunt fossam , sepulcrum , mortem , statum mortis , infernum , hoc est locum damnatorum , plerumque in Scriptura , locum mortuorum , sub terra esse positum.* On traduit *scheol* , une fosse, le sepulcre , la mort , l'enfer, c'est-à-dire , le lieu des damnez ; le plus souvent dans l'Ecriture c'est le lieu des morts ; être en enfer, c'est être mis sous terre. Que M. le Clerc ouvre les yeux, & il verra que ses Concordances ne disent pas qu'*inferi* n'est jamais le lieu des réprouvez ; ce *plerumque* de Kircher ne marque-t-il pas qu'il est persuadé du contraire ? Je prévois la réponse de M. le Clerc, il compilera ses Commentateurs Protestans ; il parcourra avec Leth tous les endroits de l'Ecriture, où il est parlé de l'*enfer*, il nous accablera de ses raisonnemens & de ses conjectures, & ne dira rien au fond qui m'oblige à changer de sentiment. Du moins il ne prouvera pas la proposition qu'il a avancée, qu'il ne faut que savoir lire en Hebreu, ou en Grec, pour être convaincu qu'il a raison. Je connois bien des gens qui ont étudié long-temps ces Langues, & qui ont lû les Concordances plus d'une fois, lesquels cependant croient que *scheol* signifie l'enfer.

Pour ce qui est du mot ᾅδης, il est sûr, comme parlent les Auteurs de la Synopse Angloise & les Centuriateurs de Magdebourg, qu'il veut dire l'enfer dans ce Passage de saint Luc Chap. 16. *Mortuus est & dives, & sepultus est in inferno.* Le riche mourut aussi, & fut enseveli dans l'enfer; ou bien selon le texte Grec : Le riche mourut aussi, & fut enseveli. Etant dans l'enfer il leva les yeux du milieu de son supplice : καὶ ἐν τῷ ᾅδῃ ἐπάρας τοὺς ὀφθαλμοὺς αὐτοῦ, ὑπάρχων ἐν βασάνοις. (Ce que Marlorat a traduit, *atque in tartaro sublatis oculis suis, cùm esset in tormentis.* Je ne desespere pas de voir M. le Clerc raisonner beaucoup sur ce Passage, entasser autoritez sur autoritez, pour montrer qu'ᾅδης est un lieu bas & ténébreux, ou l'état de mort quel qu'il puisse être, soit que l'ame séparée du corps soit descenduë aux enfers, soit qu'elle habite dans le paradis. J'admirerai sa mémoire & louërai sa profonde érudition ; mais je dirai toûjours que le mot ᾅδης, dans le Verset 22. du Chap. 16. de saint Luc, est le lieu des damnez, puisque le mauvais Riche y brûloit dans les flammes. *Crucior in hac flamma.*

S'il étoit sincere, il imiteroit un des Chefs de la prétenduë réformation, c'est Beze dont je parle, lequel, écrivant contre l'Ubiquiste Brentius, dit qu'il faut être aveugle , & ne pas voir le jour en plein midi , pour nier qu'*infernus* en S. Luc Chap. 16. soit le lieu où sont tourmentez les ré- prouvez. Il n'a point eu de peine à retrac- ter ce qu'il avoit avancé contre Chasteil- lon , que ce mot signifioit là , le tombeau.

M. le Clerc ne se défera t-il jamais de ce ton décisif & insultant , qu'il affecte dans ses écrits ? Parce qu'il sait un peu d'He- breu & un peu de Grec , lui sera t-il permis de prononcer avec tant de con- fiance : *Il est faux que le mot Hebreu scheol , & le mot Grec adès signifient jamais dans le vieux & le nouveau Testament , ce qu'on appel- le en François l'enfer , c'est à dire le lieu des supplices , où les demons qui y sont condamnez ? On défie l'Auteur d'en produire un seul exem- ple ; & s'il sait lire en Hebreu , ou en Grec , il n'a qu'à consulter ses Concordances pour s'en convaincre.* Si j'étois de l'humeur de M. le Clerc , & si je ne le connoissois pas com- me je le connois par d'autres endroits qui le font estimer des gens de lettres ; je di- rois que tout ce discours est d'un avantu- rier , qu'il ne me faudroit que cela seul pour me faire juger qu'il n'est qu'un no- vice en matiere de Langues & d'inter- pretation de l'Ecriture.

Au reste je me crois obligé de l'aver- tir que j'avois prévû la meilleure partie de sa réponse , lorsque je fis l'extrait de son Harmonie. Je disois qu'on n'ignoroit pas les mauvaises subtilitez , dont il se serviroit pour colorer ses interpretations ; qu'il ne manqueroit pas de m'objecter que l'enfer est souvent pris dans l'Ecriture pour le tombeau, ou pour un lieu profond ; qu'il y a des Auteurs Catholiques qui en conviennent ; ainsi qu'on a tort de le chicaner là dessus. Pour ce qui regarde le pronom relatif contenu dans ces paroles, *Et portæ inferi non prævalebunt adversus eam*, je ne doutois pas qu'il n'eût recours à l'hyperbate, & qu'il ne le rapportât, non au mot *Ecclesiam*, qui le précede immediatement, mais au substantif *petram*. Ces deux mots *petram* & *Ecclesiam* étant de même genre dans le Grec & dans le Latin, je savois que c'étoit un prétexte assez specieux à M. le Clerc pour dire qu'on peut rapporter au premier le pronom *eam* aussi bien qu'au dernier. Et pour faire ainsi tomber sur la personne de S. Pierre, & non sur l'Eglise, cette promesse de Jesus-Christ, *non prævalebunt adversus eam*, les Journalistes ont supprimé cette reflexion ; je ne leur en sai pas mauvais gré. Ils croioient apparemment qu'il n'étoit pas à propos d'exposer aux yeux du Public les vains subterfuges de l'heresie. L'autorité d'Origene & de S. Jean Chrysostome, dont M. le Clerc abusera infailliblement & dont il tâchera de se couvrir, ne le disculpe point ; car ces Peres n'ont référé le pronom *eam* à S. Pierre que conjointement à l'Eglise, c'est-à-dire, que la puissance de l'enfer ne prévaudra point contre l'Eglise ni contre son Chef ; que l'un & l'autre subsisteront aussi long-tems que le monde.

Le second exemple de ses explications forcées est pris des paroles suivantes :

Je vous donnerai une grande autorité «
dans le Roïaume céleste ; de telle sorte «
que si vous souhaittez que quelqu'un soit «
puni pour ses pechez, il le sera aussi-tôt ; «
au contraire, si vous voulez qu'on re- «
mette à quelqu'un les peines de son pe- «
ché, on les lui remettra incontinent. «

On voit par là, dit-il dans sa défen- «
se, que l'Auteur de l'Harmonie a en- «
tendu par le pouvoir *de lier & de dé-* «
lier, le pouvoir miraculeux d'infliger «
des peines corporelles, & de les gué- «
rir, dont on voit des exemples dans la «
punition d'Ananias & de Sapphire, &c. «

Selon ce beau raisonnement, la puissance des clefs que reçut saint Pierre se ré-
duit à cela, qu'il pouvoit tuer les pecheurs impénitens, les estropier, les aveu-
gler, les affliger de longues & de cruelles
maladies ; ou au contraire s'ils changeoient
de vie, les guérir de leurs infirmitez. Si
bien que pour mettre en pratique le pouvoir qu'il avoit de remettre les pechez,
il étoit necessaire que le pecheur eût quelque incommodité corporelle, dont il le
guérît ; & pour les retenir ces pechez, il
falloit qu'il le fît mourir miraculeusement,
ou qu'il le frappât sur l'heure de quelque
dangereuse maladie. Quel est l'homme,
soit Catholique, soit Protestant, qui ait
jamais confondu le pouvoir de faire des
miracles, & de guérir les malades, avec
le pouvoir de remettre les pechez ? Saint
Jaques les a distinguez dans son Epître Ca-
nonique Chap. 5. ℣. 14. *Infirmatur quis in*
vobis, inducat Presbyteros Ecclesiæ, & orent

super eum, ungentes eum oleo in nomine Do-
mini, & oratio fidei salvabit infirmum, &
allevabit eum Dominus; & si in peccatis sit,
remittentur ei. Quelqu'un parmi vous est-il
malade, qu'il appelle les Prêtres de l'Eglise,
& qu'ils prient sur lui, l'oignant d'huile au
nom du Seigneur; & la priere de la Foi gué-
rira le malade, & le Seigneur le relévera;
que s'il a des pechez, ils lui seront remis.

»   Mais, dit M. le Clerc, le pouvoir
» de remettre & la peine du peché, &
» le peché même, est une distinction Sco-
» lastique, que les Protestans rejettent
» comme inconnuë à l'antiquité, & fondée
» sur des chimeres, qu'on ne peut trouver
» qu'en expliquant ces termes contre l'u-
» sage constant de toutes les Langues.

Ce n'est pas ici le lieu de faire une
Controverse, & de montrer que les Prêtres ont véritablement le pouvoir de remettre les pechez, & que ce pouvoir est
fondé sur ces paroles du Sauveur, en
saint Jean Chap. 20. V. 23. *Quorum re-*
miseritis peccata, remittuntur eis; & quo-
rum retinueritis, retenta sunt. Si l'Auteur
de l'Harmonie en doute, qu'il lise Bellarmin *a*, & il se convaincra par lui-même, que
le sentiment de l'Eglise n'est pas inconnu
à l'antiquité. Il me suffit d'avoir prouvé
qu'il donne la torture au texte de l'Evangile, pour y trouver le sens qu'il sou-
haitte. La seule exposition de sa Paraphrase en est une demonstration.

Je puis même assurer que le parti de
Religion n'empêchera pas que les Pro-

____
a Bell. de la Pénit. Liv. 3. Chap. 2.

teſtans de Hollande, qu'il appelle à ſon ſecours, ne mépriſent ſes rêveries, & qu'ils ne les deſavouënt, ſur tout lorſqu'il explique ce que Jeſus-Chriſt dit au Paralytique : *Aïez confiance, mon fils, vos pechez vous ſont remis.* Cela veut dire, ſelon le Paraphraſte : *Cette peine de vos pechez, (*ſavoir la Paralyſie*) vous eſt remiſe.* Il ne s'agiſſoit pas, dit-il, de ſanctification dans les guériſons miraculeuſes que Jeſus-Chriſt faiſoit, & il paroît clairement, que guérir & pardonner les pechez ſont la même choſe en ces occaſions, par l'Hiſtoire même du Paralytique.

Le contraire me paroît à moi, & je ſuis ſûr que tout homme de bon ſens, ne penſera point autrement que moi. Il ne faut que lire ce qui précede & ce qui ſuit immediatement, pour voir qu'il n'eſt rien de plus faux, ni de plus violent que l'interprétation de M. le Clerc. On préſenta à Jeſus, dit l'Hiſtorien ſacré, un Paralytique couché dans un lit ; Jeſus voïant leur foi dit au Paralytique : Aïez confiance, mon fils, vos pechez vous ſont remis. Voilà déja les pechez pardonnez, à cauſe de la foi & des autres diſpoſitions interieures que Jeſus-Chriſt voioit dans le cœur du Paralytique & de ceux qui intercedoient pour lui. *Et videns Jeſus fidem illorum,* &c. Quelques Scribes, ajoûte ſaint Matthieu, dirent en eux-mêmes, Cet homme blaſphême, *Hic blaſphemat.* Mais Jeſus voïant leurs penſées, dit : Pourquoi penſez-vous du mal en vos cœurs? Lequel eſt le plus aiſé, ou de dire, Vos pechez vous sont remis ; ou de dire, Levez-vous & marchez ? Or afin que vous sachiez que le Fils de l'homme a le pouvoir sur la terre de remettre les pechez : Levez-vous , dit-il alors au Paralytique, emportez vôtre lit , & allez-vous-en dans vôtre maison.

Il faut remarquer dans ce récit , que les Docteurs de la Loi crurent que Jesus-Christ blasphémoit , lorsqu'il disoit qu'il remettoit les pechez : parce qu'il s'attribuoit par là un pouvoir qui ne convient qu'à Dieu. Qui peut remettre les pechez, si-non Dieu seul, disent-ils , en saint Luc Chap. 5. ⍭. 21. Ils lui avoient vû faire bien d'autres guérisons miraculeuses , ils ne s'imaginoient pas pour cela qu'il blasphémât , quand il leur déclaroit qu'il en avoit le pouvoir. Ce n'étoit pas une chose inouïe dans la Nation Juive , que le pouvoir de faire des miracles ; Moïse & les Prophetes l'avoient reçû de Dieu. Mais qu'un homme osât dire qu'il remettoit les pechez , c'est ce qui ne s'étoit point vû avant Jesus Christ ; aussi jugerent-ils de là qu'il s'égaloit à Dieu. *Quis potest dimittere peccata nisi solus Deus ?* Cependant le Sauveur pour leur donner une preuve sensible qu'il pouvoit remettre les pechez du Paralytique, lui ordonna de prendre son lit , & de s'en aller.

La Paraphrase de M. le Clerc met dans la bouche de Jesus-Christ une réponse badine & ridicule , la voici. Lequel est le plus aisé , ou de dire, Soiez gueri ; ou de dire, Levez-vous , emportez vôtre lit.

D'ailleurs où a-t-il trouvé que la paralyſie de cet homme étoit une peine de ſes péchez ? N'y a-t-il donc que les pécheurs qui ſoient ſujets aux incommoditez de la vie ? Les ſaints jouïſſent-ils toûjours d'une ſanté parfaite ? Que ſait M. le Clerc ſi Jeſus-Chriſt n'auroit pas pû dire du Paralytique, ce qu'il dit de l'Aveugle né : *Neque hic peccavit, neque parentes ejus, ſed ut manifeſtentur opera Dei in illo?* Ce n'eſt point à cauſe de ſes péchez, ni de ceux de ſes parens, qu'il eſt né aveugle ; mais afin que les œuvres de Dieu ſoient manifeſtées en lui.

Si l'Harmonie de M. le Clerc valoit la peine qu'on ſe donneroit à la lire & à la critiquer, & ſi des occupations plus utiles ne nous appelloient ailleurs, on lui feroit voir aiſément que non ſeulement il y détruit les myſteres de la Foi que Jeſus Chriſt & les Apôtres ont prêchée ; mais encore qu'il y ruine la Morale de l'Evangile ; qu'il n'entend pas le ſens du texte qu'il paraphraſe, ou plûtôt (car j'aime mieux le croire ainſi) que l'envie qu'il a d'être createur, & de dire quelque choſe de nouveau, l'éloigne infiniment de la penſée des Evangeliſtes. Et afin qu'il ne s'imagine pas que c'eſt une accuſation vague, & avancée ſans fondement, je vais lui en donner des exemples.

Premier exemple par rapport à la Morale. *Pour moi*, fait-il dire à Jeſus-Chriſt, en ſaint Matthieu Chap. 5. *je vous défens de jurer de la maniere que vous faites tous les jours, pour de legeres cauſes ;* c'eſt-à dire qu'il permet de jurer quand la cho-

se est de consequence. Pour moi je ne
sache qu'une occasion où il nous soit
permis de prendre Dieu à témoin de la vérité de nos paroles ; c'est quand un Superieur legitime, tel qu'est un Juge, nous
l'ordonne, & qu'il l'exige de nous. Mais
voici quelque chose de bien plus surpre-
nant. *Prenez garde de jurer par le ciel, &*
de croire qu'après vous être servi de cette
formule de jurement, vous pouvez sans offen-
ser Dieu violer la promesse que vous aurez
faite. Ce Casuiste Socinien ou Arminien,
puisqu'il veut passer pour Remontrant ;
ce Casuiste, dis-je, croit donc qu'on ne
péche point en jurant, à moins qu'on ne
soit parjure ; & c'est peut-être pour cela
que quelques lignes auparavant, il nous
avertit : *Moneo, que tout parjure est une*
offense de Dieu. Moneo quovis perjurio di-
vinum numen lædi. Et plus bas : *Ne jurez*
point par la terre, ou ne vous parjurez point
après que vous aurez ainsi juré. Il ajoûte
encore, *que par aucune formule vous ne*
trompiez personne. Ainsi tout jurement de-
vient licite, dés qu'on ne se parjure point.

Second exemple dans la page 113. *Les*
Juifs, dit il, *selon la Loi de Moïse, pou-*
voient appeller en jugement ceux dont ils
avoient reçû quelque injure ; mais moi je
vous ordonne, ou plûtôt je vous conseille,
(car l'*Autor vobis sum* de M. le Clerc ne
signifie proprement que cela) *je vous con-*
seille de ne point exiger de peines pour les
injures qu'on vous a faites, si cela se peut
sans que vous en soïez trop incommodé,
sine nimio vestro incommodo. Le conseil

n'est pas fort gênant, si la perfection Evangelique n'a point de maximes plus severes & plus relevées que celles là ; je ne vois pas pourquoi le monde se la représente comme une chose impraticable. On peut estre parfait, & poursuivre à outrance ceux qui nous ont fait quelque injure qui nous incommode ; on peut, dis-je, les poursuivre en justice sans leur donner un moment de relâche, jusqu'à ce qu'enfin ils nous aïent pleinement satisfait. Qu'y a-t-il là de dur & de rebutant ? faut-il qu'un homme se fasse une grande violence pour observer ce conseil ?

Le troisiéme exemple est dans la même page. Si quelque pauvre veut emprunter de l'argent, ne le lui refusez pas, quand même vous seriez en danger de le perdre avec tous les interêts. Le prêt dont parle Jesus-Christ, n'est-ce pas celui qui étoit en usage parmi les Juifs à l'égard de leurs freres, & qui le doit être parmi les Chrétiens: *Date mutuum, nihil inde sperantes.*

Dans la page 132. M. le Clerc paraphrase ainsi ces mots : *Quoadusque redderet universum debitum*, jusqu'à ce qu'il eût fait la somme entiere avec les interêts. Il a bien ces interêts à cœur, bon gré malgré il faut qu'ils viennent. Les Usuriers qui ne sont pas rares dans les païs de Commerce, lui sont fort obligez du soin qu'il prend de calmer les remords de leur conscience.

Je laisse plusieurs autres articles de sa Morale, qui ne sont pas moins considerables, ni moins pernicieux au Christianisme. Les Gomaristes qui depuis quelques années se sont érigez en Casuistes, & donnent de tems en tems au Public des Traitez entiers de cas de conscience, ne seront pas fâchez qu'on abandonne à leur Critique la Morale d'un Docteur qui se dit Arminien.

Au reste je veux bien qu'il sache que je n'apprehende point ses recriminations. Il aura beau déclamer contre les Casuistes des derniers siecles, il se battra contre son ombre, tous ses coups se perdront en l'air, & ne tomberont sur personne. Car je ne prends nul interêt, ni aux maximes outrées des Rigoristes, ni aux dangereux adoucissemens des Casuistes relâchez. Je souscris avec une parfaite soumission d'esprit aux décisions de l'Eglise Catholique, & je fais une protestation publique de ne jamais m'en écarter. Plût-à Dieu que M. le Clerc en voulût faire autant que moi.

Je viens aux endroits du texte des Evangiles qu'il a mal expliquez, soit qu'il ne les ait pas entendus, soit qu'à force de subtiliser, il se soit perdu dans ses conjectures. Par exemple, peut-on paraphraser plus mal ces paroles de S. Mathieu Chap. 16. *Assumens eum Petrus.* & de S. Luc Chap. 8. *Apprehendens eum Petrus.* Saint Pierre l'embrassant tendrement, *amicè complexus.* Jusques ici on avoit crû, ou que S. Pierre tira Jesus-Christ à l'écart, ou que touché de compassion il osa le reprendre & lui dire : Ah Seigneur ! à Dieu ne plaise, ce que vous dites là ne vous arrivera point. Les paroles qui suivent montrent clairement que l'un de ces deux sens est le vrai. *Qui conversus dixit Petro.* Car fi S. Pierre l'eût embrassé, comment Jesus-Christ se seroit-il tourné pour lui parler?

Il n'est pas plus exact, ce me semble, sur le Verset 30. du Chap. 9. de S. Luc: *Et dicebant excessum ejus quem completurus erat in Jerusalem.* τὴν ἔξοδον ἀυτῦ, *exitum ejus.* Le sens litteral, c'est que Moïse & Elie s'entretenoient avec Jesus, de sa mort ou de sa sortie du monde, qui devoit arriver dans Jerusalem. M. le Clerc veut que cet entretien roule sur les peines terribles qu'il feroit souffrir aux habitans rebelles de cette fameuse ville. *Ii colloquebantur cum Jesu de pœnis quas sumpturus erat de Judæis contumacibus.* Qu'il consulte tant qu'il lui plaira, le Thresor d'Henry Etienne, & qu'il ramasse les expressions des anciens Grecs qui se sont servis du mot ἔξοδος pour signifier une expédition militaire; qu'il nous donne même du Grec de sa façon, comme il a fait dans ses Notes sur Hammond; la seule préposition ἐν Ιερυσαλήμ détruit sa frivole interprétation: car il faudroit dire εἰς Ιερυσαλήμ.

Mais à propos de son Grec, d'où vient qu'il traduit *Jehova* γεωτιαργός, & non pas κύριος selon l'usage établi dans les Versions Grecques. Il me semble que j'entens un Marcionite ou un Valentinien, qui distingue le Demiurgus, le Dieu des Juifs, le Créateur de ce monde visible, d'avec le Dieu bon, le Dieu profond, le Dieu qui étoit dans le silence.

La Paraphrase de M. le Clerc est d'une subtilité admirable sur ces mots de S. Luc Chap. 11. ⅴ. 34. *Si oculus tuus fuerit simplex.*

» &c. Les yeux, dit-il, font comme le
» flambeau de tout le corps. S'ils font
» honneſtes & fans envie, il ne paroît
» nulle marque d'inhumanité ni d'envie
» dans le reſte du corps. Je ne fai ce qu'il
veut dire, mais je crois que le fens de ces
paroles eſt bien plus net & plus fimple :
Les yeux font le flambeau de vôtre corps ;
s'ils font purs & fans tache, tout le corps
en eſt éclairé : c'eſt-à-dire qu'on voit
mieux le chemin où l'on marche, & qu'on
évite plus aifément les mauvais pas.

A la page 277. S. Luc Chap. 11. ℣. 44.
Væ vobis quia eſtis ut monumenta quæ non
apparent, & homines ambulantes fupra nef-
ciunt. Certainement le fens naturel de ce
Verſet eſt celui-ci : Malheur à vous, parce que vous reſſemblez à des fepulcres qui
ne paroiſſent point, & que les hommes
qui marchent deſſus, ne connoiſſent pas:
c'eſt-à-dire, qu'ils ne voient pas les ordures qui font fous leurs pieds dans ces
tombeaux. De même qu'en voiant le dehors hypocrite des Pharifiens, on ne voit
pas les vices qu'ils cachent au fond de
leur cœur. Mais chez M. le Clerc, cela
fignifie que ceux qui marchent fur ces
tombeaux contractent des fouillûres lé-
gales fans le favoir. Je prie M. le Clerc
de nous dire ce que peut fignifier la com-
paraifon que fait ici Jéfus-Chriſt des Pharifiens avec des fepulcres couverts de terre
& fur lefquels on marche fans les apperce-
voir. Eſt-ce à dire que ceux qui marchent
fur le ventre des Pharifiens, ou bien qui les
fréquentent, contractent des fouillûres fans
le

le favoir ? C'eſt là le ſens de ſon interprétation, où la comparaiſon dont s'eſt ſervi Jeſus-Chriſt, eſt tres-vitieuſe : car le ſecond
membre n'aura nul rapport au premier.

Quod in aure auditis, en ſaint Mathieu
Chap. 10. ℣. 27. eſt une façon de parler
pour dire, Ce que je vous confie en particulier ; & non pas, comme a paraphra-
ſé nôtre Docteur, Ce que je vous dis en
approchant ma bouche de vos oreilles : *Et
quod ore auribus veſtris admoto vobis dico.*

Dans la page 209. il nous apprend une
choſe curieuſe, ſavoir, que les Apôtres
s'imaginerent que Jeſus-Chriſt les avertit de ſe donner de garde du levain
des Phariſiens & des Sadducéens. Pourquoi ? Parce que les boulangers attachez
à l'une ou à l'autre de ces deux Sectes,
faiſoient le pain avec de fort mauvais levain. *Atque inter ſe dicebant Jeſum ſibi rem
obſcuriùs exprobrare, monereque ut caverent
ſibi à piſtoribus qui alterutri illi ſectæ fave-
rent, quòd malo fermento uterentur.* Grotius que M. le Clerc a ſuivi en tant d'autres rencontres, donne une penſée bien
plus raiſonnable aux Apôtres. Ils crû- «
rent, dit cet Auteur, qu'on leur diſoit «
de ne point acheter de pain chez les «
Phariſiens & chez les Sadducéens, de «
peur qu'ils ne ſe ſouillaſſent en le man- «
geant ; *planè quaſi is panis ipſos eſſet inqui-* «
naturus. De plus ils apprehendoient d'en «
manquer, ajoûte le même Auteur, ſuppo- «
ſé qu'ils n'euſſent pas la liberté d'en pren- «
dre chez les Phariſiens ou les Sadducéens. «

Dans la même page il donne un ſens

tout charnel & tout grossier à ces paroles : *Qui enim voluerit animam suam salvam facere, perdet eam ; qui autem perdide-
rit animam suam propter me, inveniet eam.*
» Sachez, dit-il, que celui qui me renon-
» cera pour conserver sa vie, perdra cette
» même vie ; & que ceux au contraire qui
» s'exposeront hardiment au danger de la
» perdre pour l'amour de moi, échappe-
» ront souvent, *sæpè evasuros.* Cette vie
qu'on perd, dont parle Jesus-Christ, est
la vie temporelle ; & quand on l'a perduë
pour lui, celle qu'on trouve n'est-ce pas
la vie éternelle ? C'est dans cette vûë qu'il
animoit ses Disciples, & qu'il les disposoit
à souffrir tout, plûtôt que d'abandonner
leur Maître & de renoncer à sa doctrine.

Page 220. *Propter incredulitatem vestram.*
Cela signifie, dit M. le Clerc, que les parens
du malade avoient un peu douté de la puissance de Dieu. Quelle vision ? Ils ne doutoient pas de la puissance de Dieu ; mais ils
doutoient que les Disciples de Jesus Christ
eussent le pouvoir de chasser le demon im-
monde dont il est parlé en cet endroit là.

Page 166. *Fides tua te salvam fecit.* Vôtre foi vous a sauvée. Nous avions crû
jusqu'à present que cette femme, qui depuis douze ans étoit incommodée d'une
perte de sang, merita par la foi vive
qu'elle avoit en Jesus Christ que ce divin
Medecin la guerît ; mais nous étions bien
éloignez du véritable sens. Ce n'est, dit
M. le Clerc, que la grande opinion qu'elle
avoit eûë de la puissance & de la libera-
lité de Dieu. *Testatusque est (Jesus) ob ma-*

gnam opinionem quam de divina potentia
& beneficentia conceperat, curatam fuisse.
Pourvû que vous pensiez bien de la puissance & de la bonté de Dieu, dit Jesus-
Christ selon la Paraphrase au Chef de la
Synagogue, vôtre fille sera saine, *inco-*
lumem fore. Je ne veux pas ici critiquer
cet *incolumem fore*, qui ne peut s'adapter
qu'à un malade qui revient en santé, &
non pas à un mort qui ressuscite. Cela regarde le Latin de M. le Clerc dont nous parlerons bien tôt. Ce que je trouve à redire,
c'est qu'il fait consister la foi, que demandoit
Jesus-Christ dans les personnes qu'il gue-
rissoit miraculeusement; il la fait consister,
dis-je, dans une forte persuasion que Dieu
est tout-puissant, & qu'il est plein de bonté
pour les hommes. Si cela étoit, quel besoin
avoit-on de recourir à Jesus-Christ? Les
Juifs ne pouvoient ils pas l'avoir cette persuasion, & la témoigner à Dieu en particulier sans s'adresser à Jesus-Christ?

Page 193. Quel est son dessein quand
il ajoûte à ces paroles du Sauveur en
saint Jean Chap. 6. *Hæc est voluntas ejus*
qui misit me Patris, ut omne quod dedit
mihi non perdam ex eo? Pourquoi ajoû-
te-t-il, *Ut quemcumque mihi tradit (sibi*
antea credentem) qui croïoit auparavant
en lui? Dans la page 28. il dit quelque
chose de semblable; car voici comme il
paraphrase ces mots: *Ecce hic positus est in*
ruinam & resurrectionem multorum in Israel.
Cet enfant amenera plusieurs Juifs à «
une plus sainte vie, tandis que les au- «
tres l'aïant vainement écouté devien- «

» dront plus méchans : car plufieurs croi-
» ront en lui ; plufieurs s'oppoferont à
» lui avec violence. De là on pourra con-
» noître *(qui font ceux qui avoient fervi*
» *Dieu auparavant d'un culte fincere & fans*
» *fard)* & qui font ceux qui n'avoient
» eu qu'une piété fimulée : car ceux-ci
» rejetteront vôtre fils ; & les autres le
» recevront volontiers. Ce difcours de
M. le Clerc fait entendre que la vocation à
la Foy fuppofoit en ceux à qui elle étoit
donnée, le mérite d'une bonne vie. Et
comment l'accorder cette penfée avec ce
que dit Jefus-Chrift lui même : *Non veni*
vocare juftos, fed peccatores ?

Page 256. fur ces paroles des Apôtres
en S. Jean Chap. 9. ⩴. 2. *Rabbi, quis pecca-*
vit, hic aut parentes ejus ut cœcus nafceretur ?
Ils demanderent, dit M. le Clerc, fi l'a-
veuglement de cet homme étoit la peine
des pechez que fon efprit avoit commis
auparavant durant fa vie anterieure, ou
fi c'étoit la peine des pechez de quelqu'un de fes pàrens. *Quæfiverunt à Ma-*
giftro, quare immiffa effet homini cœcitas ;
an effet hæc pœna delictorum ab ejus mente
in antecedente vita admifforum ; an verò pec-
cati cujufpiam parentum ? Pourquoi déter-
miner ainfi le fens des paroles des Apôtres, & vouloir qu'ils aient été dans l'erreur de Pytagore & de Platon qui
croioient la Metampfychofe, & que les
ames étoient, avant que d'être unies à
un tel corps en particulier ; que celles
qui avoient peché dans leur état ante-
rieur portoient la peine de leur peché

en un autre. Erreur que les Pharisiens,
dit-on, avoient adoptée, & que M. le
Clerc n'a point eu de honte avec ses Interpretes Protestans d'attribuer dans ses
Notes sur Hammond, non seulement aux
Apôtres, mais encore à l'Auteur du Livre de la Sagesse. Pourquoi, dis-je, dé-
terminer ainsi le sens de ces paroles, puisqu'elles en souffrent un autre qui est plus
naturel & plus juste, & qui répond à cette
maniere de parler qui est si fort en usage :
Qu'a-t-il fait pour naître aveugle, pour
naître miserable ? C'est l'interpretation de
saint Jean Chrysostome, & des plus savans
Docteurs de l'Eglise. Ce que dit M. le
Clerc est une affectation de doctrine dont
il pouvoit se passer. En effet si les Apôtres eussent esté dans une erreur si grossie-
re, est-il probable que Jesus-Christ ne les
eût point détrompez ? Et c'est ce qu'il ne
fit pas, il répondit seulement que ce n'é-
toit point à cause de ses pechez, ni de
ceux de ses parens, qu'il étoit né aveugle. Il est assurément plus vrai semblable
que les Apôtres ne pensoient pas à cette
Philosophie-là ; & si saint Cyrille a crû
qu'ils y pensoient, on peut dire qu'il s'est
trompé. Parce que, comme dit Theophy-
lacte, il n'est pas croyable que des gens
ignorans, tels qu'étoient les disciples du
Sauveur, fussent dans un systéme aussi bi-
zarre & aussi contraire à la doctrine de
leur Maître qu'est celuy-là.

M. le Clerc a-t-il fait réfléxion à ce
qu'il dit dans la page 107. que les Pharisiens sont des gens brouillons & séditieux,

qui font des procés fur tout, & que c'eſt
par là qu'ils ſe font eſtimer du peuple, &
qu'on les croit tres-agréables à Dieu? *Quem-*
admodum faciunt Phariſæi, litigioſum & ſedi-
tioſum hominum genus, qui ideo à plebe ſuſpi-
ciuntur, & acceptiſſimi Deo eſſe judicantur. C'eſt
bien là le moyen de ſe faire aimer du peuple, & de s'acquerir la réputation de Saint:
Libentiſſimè de rebus quibuſvis litigare.…

Dans la page 106. il interprete les paroles de Jeſus-Chriſt en ſaint Matthieu
Chap. 5. ℣. 5. d'une maniere qui n'eſt guéres conforme à la doctrine Evangelique
& aux promeſſes du Fils de Dieu. *Beati*
mites, quoniam ipſi poſſidebunt terram. On
doit croire, dit M. le Clerc, que les «
» hommes doux ſeront heureux, parce
» qu'ils gagneront par leur douceur les
» bonnes graces des gens puiſſans; qu'on
» ne les contraindra point de quitter leur
» païs, comme ont fait ceux qui ſont d'un
» naturel farouche, & qui ne peuvent ſup-
» porter le joug de la domination. *Quæ*
hæc gloſſa, dit Calovius dans ſes obſerva-
tions ſur S. Matthieu, *per μὴ γὰρ firmas &*
conſtantes amicitias intelligere? Ubi uſpiam
in ſacris litteris hæc vox iſto ſignificatu oc-
currit? De terra nova quam juſtitia incolit,
2. Pet. Cap. 3. ℣. 17. *de vera πληροφορίας no-*
bis in conditu mundi parata hæc accipienda.
Quelle gloſe? entendre par le mot de *terre*
des amitiez fermes & conſtantes. En quel
endroit de l'Ecriture le trouve-t-on avec
cette ſignification? Il s'agit là de la nouvelle terre que la juſtice habite, dont
parle S. Pierre dans ſa ſeconde Epiſtre;

il s'agit de l'héritage que le Seigneur nous a préparé dés le commencement du monde. Ce que cet Auteur dit contre Grotius, ne le pouvons-nous pas dire contre M. le Clerc ? Quelle glofe, bon Dieu! *Les hommes doux feront heureux fur la terre, parce qu'ils gagneront par leur douceur les bonnes graces des gens puiffans, qu'on ne les perfecutera point, & qu'on ne les exilera jamais de leur pais.* Quel raport cela peut-il avoir avec ce que dit Jefus-Chrift dans ce Chapitre, où il ne parle prefque d'autre chofe que de pauvreté, de pleurs, de miferes, de perfécutions, aufquelles fes difciples feront expofez? il tâche de les confoler en élevant leurs efprits & leurs cœurs au ciel, & leur faifant envifager les biens éternels dont il récompenfera leurs travaux.

M. le Clerc a fait une nouvelle découverte, dont il eft bon que les Savans foient inftruits; elle eft dans la page 108. de fon Harmonie. Les Interpretes de l'Ecriture avoient cru jufqu'à maintenant que Jefus-Chrift, en comparant les Apôtres au fel de la terre *a*, faifoit allufion au fel dont nous ufons communément pour préparer les viandes; & que le mot de *terre* eft pris là figurément pour les hommes. Avoient-ils raifon? Point du tout. C'eft le fel des cendres qu'on répand dans les campagnes pour les rendre fertiles. O vous «
qui que vous foïez, qui embraffez ma «
doctrine, dit Jefus-Chrift dans la Pa- «
raphrafe, vous étes femblables à des «
cendres falées, par le moien defquelles «

a S. Matth. Chap. 5. y. 13.

» on rend les champs féconds. Si en les
» lavant on leur ôte leur falure, rien au
» monde ne peut la leur rendre ; ainfi
» elles ne peuvent être d'aucun ufage
» pour la fertilité des champs ; on les jet-
» te dans les grands chemins, afin qu'el-
» les y foient foulées aux pieds des paffans.
*Vos eftis, ô quicumque meam doctrinam am-
plectimini, veluti falfi cineres, quibus agri
fœcundantur, & quibus fi dematur ablutio-
ne quidquid habent falinum, nullâ re falfugo
reftitui poteft ; ideoque nulli amplius ufui effe
poffunt ad fœcundandos agros, fed in viam
publicam omnibus calcandi abjiciuntur.* Il faut
avouër que dans la Paleftine on brûloit
bien du bois, puifqu'on fe fervoit de cendres pour fumer les terres, car apparemment l'Auteur ne parle point de ces cendres qui font répanduës fur la terre quand
on a brûlé la paille qui refte aprés la moif-
fon. Il feroit trop difficile de les tranfpor-
ter & de les jetter dans les grands chemins.
Mais quoi qu'il en foit de la ftercoration
qui fe faifoit avec des cendres, dont parle
Virgile dans le 1. Livre des Georgiques :
*Ne faturare fimo pingui pudeat fola, neve
Effœtos cinerem immundum jactare per agros ;*
la découverte de M. le Clerc eft une pure
vifion, dont la réfutation eft dans le texte
même : *Quòd fi fal evanuerit, in quo falietur ?*
Que fi le fel perd fa faveur, avec quoi le fa-
lera-t-on ? De plus, *mittatur foras* ne fignifie
point être jetté dans les grands chemins,
mais être jetté hors de la maifon dans la ruë.

En voila affez pour ce qui regarde fes
fauffes interpretations, il faudroit prefque
tranfcrire

tranfcrire tout fon Livre, fi l'on en vouloit faire le détail. Le Lecteur verra bien,
même par ce dernier Paffage de fon Harmonie, que je fuis tropindulgent & que
je l'épargne beaucoup ; que je devois relever ces mots : *Vos eftis , ô quicumque
meam doctrinam amplectimini* , &c. Car il
femble donner par-là generalement à tous
les fideles le droit de prêcher & d'annon-
cer l'Evangile , en leur appliquant des paroles que Jefus-Chrift n'adreffoit qu'aux
Apôtres , & en leurs perfonnes , à tous
ceux qui auroient une legitime miffion
pour le faire. Je n'ai pas voulu lui difpu-
ter ici le droit chimerique que tous les
Proteftans s'attribuënt , & que le Chri-
ftianifme ne leur accorde point.

Parlons à préfent de fon ftyle & de la
délicateffe de fon Latin. Il eft fi perfuadé
de fon mérite en ce genre-là , qu'il défie quiconque d'y trouver rien à redire , fi
ce n'eft peut-être quelques legeres fautes
qui luy feront échapées par hazard , ou qui
fe feront gliffées dans fon Ouvrage par la
négligence de fon Imprimeur. Il a fait,
dit-il, un nouvel *Errata* , qu'il aura foin
de m'envoyer , fi je le fouhaite ; il me fera
plaifir , je corrigerai exactement fur mon
Exemplaire tous les endroits qu'il aura
marquez. Mais comme je crains qu'il n'ait
le défaut de ces peres qui font idolâtres
de leurs enfans , & qui trouvent beaux
tous leurs traits , je lui dirai franchement
ce que je penfe de fa latinité.

Je remarque d'abord que M. le Clerc n'a
nul goût pour les belles lettres , (il me

L

pardonnera cette expreſſion.) On diroit
qu'il n'a lû les Auteurs, que pour en choiſir
les termes & les façons de parler les plus ex-
traordinaires, leſquelles jointes à des phra-
ſes baſſes & rampantes font un langage bur-
leſque qui fait rire les connoiſſeurs. Par
exemple, il ne dit guéres *contaminare*, ce
mot eſt trop commun, il lui en faut de plus
rares : *Attaminare*, qui n'eſt dans aucun bon
Auteur, ſi ce n'eſt peut-être dans quelque
vieux Grammairien, a des attraits pour
lui qui le charment, puiſqu'il le repete ſouvent. *Aderedere*, & d'autres ſemblables ver-
bes compoſez ſont les plus beaux orne-
mens de ſon diſcours. L'envie qu'il a de
les mettre en œuvre lui fait dire les plus
jolies choſes du monde. Par exemple, Jeſus-Chriſt nous ordonne en ſaint Matthieu
Chap. 5. ℣. 24. de nous réconcilier avec
nos freres ; mais M. le Clerc par la force
admirable de ſon Latin, nous fait entendre que le précepte du Sauveur eſt de nous
manger les uns les autres. *Cùm quis vobis
litem jure intendit, ſi ſapitis, quàm primùm
cum eo depaſcimini:* Lorſque quelqu'un vous
intente un juſte procés, ſi vous étes ſages,
mangez-vous au plûtôt: ſoïez dévorez avec
lui. Je ne vois pas quel autre ſens peut
avoir ce *depaſcimini cum eo*, ce n'eſt pas
manger avec lui, l'expreſſion ſeroit barbare;
il vouloit dire, *Depaſciſcimini cum eo:* Ac-
commodez-vous enſemble, convenez avec
lui de ce que vous devez lui ceder. C'eſt une
faute d'impreſſion, dira-t-il, l'Auteur n'y
a aucune part; c'eſt aux Huguettans à qui
il faut s'en prendre & au Correcteur de

leur Imprimerie. J'en suis content, ils seront encore responsables de celle-cy *a* : *Quæ
deceret non fucatum Israelitam , hoc est unius
veri Dei ex animo cultorem , nec ulla fraude
inquinatus* , au lieu de *inquinatum*. Le sole-
cisme saute aux yeux , aussi-bien que le
précédent, ils méritoient sans doute d'être
mis dans l'*Errata*. En voici encore d'autres
qu'il ne devoit pas laisser passer *b* : *Ut quisquis me beneficio affecerit , non tam mihi quàm
Deum ipsum , qui me misit , existimabitur
benefecisse* , pour *Deo ipsi. c Quærebant testes
qui possent dicere testimonium contra Jesu* ,
pour *Jesum. d Timebant enim ne plebs à quo
Jesus habebatur propheta* , au lieu de *à qua*.
En voilà beaucoup & des mieux marquez.
N'y auroit il pas un peu de négligence, ou
de précipitation du côté de l'Auteur ?
car de rejetter tout le mal sur les Huguettans, il n'y a pas d'apparence ; de dire aussi
que M. le Clerc soit tombé par ignorance
dans des fautes si grossieres , à Dieu ne plaise. Je crois pour moi qu'il n'y pensoit pas,
& qu'il étoit à demi endormi lorsqu'il com-
posoit, ou qu'il revoyoit ces endroits-là.

Revenons à son style , & à l'affectation
puerile qu'il a de se distinguer par ses beaux
mots. *e* Un autre disciple vint trouver Jesus,
dit M. le Clerc , & lui demanda la permis-
sion d'aller chez son pere, *ad patrem senem
capularem*, tout courbé & cassé de vieillesse,
qui n'en pouvoit plus. Cela sent bien son
jeune homme, qui a fait des remarques sur
Plaute , qu'il veut faire entrer dans son

a *Page* 52. b *Page* 226. c *Page* 450. d *Page* 405.
e *Page* 159.

discours à quelque prix que ce soit. Ce qu'il
fait dire à Jesus-Christ est d'un goût ex-
quis, car le tour est de Virgile *a* : *Verùm nisi
mens vobis læva fuisset, non difficile fuit intelligere capienda verba mea spirituali sensu.*
Cette expression du Poëte jointe avec une
latinité triviale a quelque chose de bien
choquant. Les gens qui se piquent de bien
écrire pourront-ils souffrir ce jargon *b* ? *Se-
gesque ea exaucta & adulta magnam tritici co-
piam tulit. c Tametsi hanc similitudinem ita
extuli, ut paulò obscurior videatur.* Le Lecteur
peu instruit du style de M. le Clerc aura
de la peine à deviner ce qu'il veut dire.
Il s'imaginera peut-être que ces mots
ita extuli similitudinem, signifient, Je me suis
servi de termes si relevez lorsque j'ai fait
cette comparaison ; j'ai tellement relevé
cette similitude, &c. Et il se trompera,
car le verbe *extuli* ne signifie là qu'exprimer. M. le Clerc a crû que ce préterit
seroit d'un grand agrément, parce qu'on
dit fort bien en Latin *efferre aliquid*, di-
vulguer quelque chose, la publier, la produire au dehors : *foras secretum efferre*, publier un secret. Cela fait voir qu'il est très-
délicat dans le choix des mots, & qu'il les
prend justement dans leur véritable sens.

A propos de ses expressions obscures,
en voici une où il seroit aisé de se mé-
prendre. *Quibus verbis, obscuriùs significa-
bat, legum cæremonialium, quas minimè
æternas voluerat esse Deus, rationem ampliùs
habendam non esse, neque d flocci facienda
hominum instituta, quæ aut nihil ad virtu-*

a Page 196. b Page 148. c Page 151. d Page 201.

tem facerent, aut etiam cum ea pugnarent.
Il faut bien prendre garde à ces mots
neque flocci facienda hominum instituta. Le
plus habile Grammairien y perdroit son
latin, car c'est ainsi qu'il les expliqueroit,
& qu'il ne faut point méprifer les Conf-
titutions humaines, qui ne font rien à
la vertu, ou même qui lui font contraires. La penfée feroit impie. C'est pourquoi *neque flocci facienda* est la même chofe que *& ne flocci quidem esse facienda.*
M. le Clerc avoit befoin d'un interprete
qui lui fût auffi favorable que moi. Franchement il a tort de dire que je ne fai pas
le Latin : il en faut favoir beaucoup pour
entendre fes Livres.

Continuons nos Commentaires, ils ne
feront pas inutiles aux lecteurs de l'Harmonie. Voici un endroit qui n'est pas
clair & qui fait une efpece de contrefens. *a*
Quicumque me amabit, præceptifque adeo meis
parebit, ei vice versâ, cùm Pater meus, tum
ego omnia amoris argumenta præbebimus.
Quiconque m'aimera, & gardera mes pré-
ceptes, mon Pere & moi tout au contraire, au rebours *vice versâ*, nous lui don-
nerons toutes les marques d'amour. Un
homme qui s'attacheroit fcrupuleufement
aux paroles & qui ne chercheroit que le
fens literal, traduiroit ainfi le *vice versâ*
de M. le Clerc. Pour moi qui ai la clef
de fon Dictionnaire, j'explique *vice versâ*
de même que *viciffim*, mon Pere & moi
reciproquement, &c. Je me fai bon gré de
cette découverte, elle est fans exemple ;

a *Page* 413.

& si l'Auteur est équitable, il m'en aura
obligation. Celui-ci m'embarrasse un peu *a*
at judex surdam aurem præbuit. Il paroist
d'abord que c'est un franc galimatias. Il
presta l'oreille pour ne point entendre.
Cependant après y avoir bien pensé, j'ai
trouvé le moyen de le disculper ; c'est
que le juge étoit sourd, & qu'il prestoit
l'oreille, non pour entendre, car il ne le
pouvoit pas ; mais pour faire semblant qu'il
entendoit. Il faut encore interpréter be-
nignement le Passage suivant *b. Dixitque
omnibus se esse defunctum,* parce que les
morts ne parlent point ; je l'explique donc
ainsi : Jesus Christ un moment avant que
d'expirer, dit qu'il étoit mort, qu'il étoit
passé. M. le Clerc donnera lui-même du
jour à cette expression, elle est terrible-
ment obscure *c. Absque hoc enim fuisset, filium defectui vini supplere non postulasset.*
Je retrancherois ce *fuisset,* il ne fait là
qu'embarrasser, & je changerois *absque
hoc enim,* de peur que le Pere Martiané
n'en profitât, & qu'il ne me reprochât que
ma latinité est pire que celle du Breviaire.
Je me donnerois bien de garde de laisser
dans mon Ouvrage *d, Ex nullâ aliâ hoc oritur
ratione, nisi quia, &c.* & je mettrois à la
place *non aliâ ex causâ hoc oritur :* car il ne
manqueroit pas de dire que le dernier des
valets Allemans parleroit plus purement.
Quod de se tralatitio dixerat David seroit
bientôt effacé ; on y donneroit un mauvais sens, savoir celui ci : *Ce que David di-*

a *Page* 118. b *Page* 453. c *Page* 520. d *Page* 255.
e *Page* 465.

ſoit de lui-même, lui (dis-je) qui n'étoit qu'un homme ordinaire ou quelque choſe de pis. Je ne dirois pas non plus *tralatitiè,* le mot eſt équivoque, j'employerois ſans façon l'adverbe *tranſlatè* figurément. Dans la page 321. lorſque les Juifs prirent des pierres pour lapider Jeſus-Chriſt, & qu'ils lui dirent, *Non de bono opere lapidamus te,* je ſacrifierois le tour ironique de la Paraphraſe : *Judæi verò, nulli inquiunt beneficio tuo hanc gratiam referimus :* Nous ne vous faiſons pas cette grace pour aucun bienfait que nous ayons reçû de vous. Le Sarcaſme eſt violent, les Juifs n'étoient pas en humeur de rire ni de railler le Sauveur. Il n'y a preſque point de page dans l'Harmonie où je ne paſſaſſe l'éponge ſans remiſſion. Je tâcherois de rendre mon ſtyle uniforme, & j'en ôterois tout ce qu'il y a de trop brillant & de trop recherché. Par exemple cela eſt-il ſupportable *a* ? *Humana carne veſci, contrarium eſt non modò legi Judaicæ, ſed etiam humaniorum omnium gentium inſtitutis :* Se nourrir de chair humaine, c'eſt une choſe contraire non ſeulement à la Loi Judaïque, mais encore aux coûtumes des nations les plus polies. Ces mots *les plus polies* ne diſent pas aſſez, puiſque la pluſpart des peuples barbares ont horreur de cette brutalité *b. Niſi exitium maturâ reſipiſcentiâ à ſe averruncent.* Otez-moi cet *averruncent,* & vos *ſynedri, c* cela eſt trop affecté. *Populi concurſum creare,* n'eſt pas latin. *Ab officiis ſuis ſuperſedere* eſt contre l'analogie de la Langue, il faut dire

a Page 196. *b* Page 291, *c* Page 297.

superfedere offic is fuis. Les mots choifis de
M. le Clerc me font fouvenir de deux expreffions rares que j'ai remarquées en paf-
fant dans fes Queſtions Hieronymiques,
elles font d'une beauté qui furprendra les
Savans. Dés la feconde page je fus arreſté
par ces mots, *tranſlatio ſeptuaginta viralis ;*
la verſion des feptuagintavirs. Oh, dis-je,
cela eſt hardi, je fuis bien fûr que les Auteurs du fiecle d'Auguſte n'ont jamais joint
ces deux termes enſemble, & que M. le
Clerc ne pourroit foûtenir l'union qu'il en
a faite que par une Cacozelie des plus vi-
tieufes. La feconde expreffion eſt dans la
page 48. *Præterea videbam hac ratione fa-*
crarum literarum cognitionis augmentum planè
ſufflaminari, Enraïer l'accroiſſement de la
connoiſſance des faintes lettres. Quoi ! parce qu'un Ancien au raport de Seneque aura
dit d'un Orateur qui fe précipitoit en
parlant, qu'il falloit l'enraïer : *hic ſufflami-*
nandus eſt ; il fera permis à M. le Clerc
d'enraïer ainfi la connoiſſance des Ecritures ? quel eſt l'homme dans le Païs Latin
qui ne riroit d'une femblable métaphore ?

Mais tout cela ne regarde que fon ſtyle
& quelques manieres de s'exprimer peu
correctes. Il s'attend à toute autre chofe.
Je n'ai rien fait, & j'ai perdu mon tems
fi je ne lui montre dans fon Harmonie
des fautes groſſieres de Grammaire, c'eſt-
à-dire, des folecifmes & des barbarifmes
que l'on ne pardonneroit pas à un petit
écolier. Voïons fi nous ferons affés heureux pour en trouver, que M. le Clerc
ne puiſſe point mettre fur le compte des

Huguettans,

Huguettans, & parcourons encore une fois la Paraphrase. Dans la page 25. l. 3. je lis: *Cùm ex eo orturus esset rex.* pour *oriturus* ; j'aimerois autant dire , *naturus* , & *morturus*. Pour ce coup l'impreſſion ne l'excuſera pas , car je trouve encore dans la page 208. *Procellam exorturam eo die judicatis.* Et dans la page 387. *Audietis rumores de bello exorturo.* Si c'eſt là encore une faute de Copiſte ou d'Imprimeur , je deſeſpere de pouvoir convaincre M. le Clerc. Je ne laiſſerai pourtant pas de faire quelque impreſſion ſur l'eſprit des Savans ; car eſt-il probable que les Imprimeurs tombent ſi ſouvent dans la même faute? Ainſi ne nous décourageons point , avançons dans l'Harmonie , je ſerois ravi qu'il donnât , comme on dit dans les Colleges de l'Univerſité; qu'il donnât , dis-je , quelque part dans le déponent. Le Pere Martiané triompheroit , il ne ſeroit pas mal vangé de l'injuſtice que nôtre Auteur lui a faite. Je penſe en effet qu'il y donne , c'eſt à la page 107. *Qui libentiſſimè de rebus quibuſvis litigantur* , pour *litigant* , Qui font volontiers des procés ſur tout. Ce déponent lui plaît , car il le repete à la page 113. *Satius eſt eam , & aliquanto amplius amittere , ut pacem redimatis , quàm litigari.* Il aura pris ce Latin-là de la Loi Salique , ou de quelque Conſtitution des Empereurs. *Litigor pro litigo,* dit Voſſius dans le Liv. IV. des façons de parler barbares , page 708. *Utitur Lex Salica, item Ludovicus Imperator. Cap.* 11. C'eſt dans des Auteurs de ce caractere qu'il s'eſt formé , quand il dit *Manna* , *mannæ* & *mannam.* Tous les autres le font neutre

& indeclinable. Robert Etienne aprés Antoine de Lebrixa regarde comme temeraires ceux qui le déclinent ainsi. Il est sûr qu'il est de genre neutre, disent ils, & je crois qu'ils ont raison, sur tout quand il s'agit de la manne que les Hebreux mangerent dans le Desert. Pour ce qui est de la manne dont les Apoticaires se servent dans leurs remedes, cela est un peu plus douteux. Que dirons-nous donc de cette phrase de M. le Clerc *a*: *Nam cùm majores vestri, qui mannam in deserto Arabiæ comederunt*? Nous dirons qu'il n'y a que ceux qui ont l'art de confondre les genres des noms latins qui aïent droit d'en user; il leur est permis de dire *Biblia*, *Bibliæ*, la Bible *b*. Encore si nôtre Grammairien en demeuroit-là, on prendroit patience; mais qu'il leur donne quelquefois un nombre plurier qu'ils n'ont pas, c'est ce que je ne puis souffrir. Il remarque dans Eusebe que cet Auteur fait mention de deux famines, *duarum famium*, au lieu de *geminæ famis*. C'est dommage qu'il n'ait dit aussi *Sites*, *sitium*, le contraste seroit beau. C'est apparemment à l'imitation de la Vulgate qu'il dit *fames* au plurier: *Et erunt pestilentiæ & fames*, &c. Matth. 24. mais pour *famium* & *famibus*, cela est inouï.

Je commence à me lasser, il faut pourtant lui donner encore trois ou quatre exemples de ses barbarismes, cela pourra faire un bon effet. Le premier est à la page 326. *Jesus verò repetiit quisquis repu-*

a *Page* 196.   b *M. le Clerc sur Hammond. Apoc,* page 465.

*diâtâ uxore aliam duceret , eum committere
adulterium.* N'allons pas plus loin : *quifquis
duceret , eum committere,* &c. ces deux tems-
là ne s'accordent pas , j'aurois dit *eum com-
miffurum* : parce que cet état d'adultere
n'eſt pas préſent , diſent les Grammairiens,
mais il eſt futur , c'eſt-à-dire , qu'il n'arrive
qu'aprés le ſecond mariage. Il n'en eſt pas
de même de cette façon de parler. Je dis
que celui qui ſe juſtifieroit ſeroit innocent;
alors je me ſervirois du préſent de l'infini-
tif : *Qui ſe purgaret , eſſe innocentem ,* parce
que l'état d'innocence eſt avant la juſtifica-
tion , & l'on ne ſe juſtifie que parce qu'on
eſt innocent.

Le ſecond eſt à la page 150. *Quibus eius
memoria planè deletur , ne eum expenſam veram judicarent , & ſalutem tandem conſeque-
rentur.* Il faut dire : *Ne veram judicent , &
ſalutem conſequantur.* Le troiſiéme eſt à la
page 53. *Quarum ſingulæ continebant duos metretas , aut coros.* On dit dans le quartier de
l'Univerſité que c'eſt un ſoleciſme , & des
plus gros que l'on faſſe. J'ai voulu défendre
M. le Clerc en rapportant *duos* à *coros ,*
qu'il avoit préſens à l'eſprit. On s'eſt moc-
qué de moi , & l'on m'a jargonné je ne ſai
combien de choſes ſur le nom *metretas ,* auquel le mot *duos* eſt joint immediatement ,
& ſur la disjonction *aut ,* ſi-bien que j'ai été
contraint de ceder , du moins en partie; afin
que M. le Clerc ne ſe plaignît point de ma
ſévérité , je n'ai mis cette expreſſion qu'au
nombre des barbariſmes. Le quatriéme eſt
à la page 110. *Verùm ſcitote , non ejuſmodi
tantum graviora delicta , in altera vita Deo*

pœnas datura , &c. M. le Clerc n'entend
pas la force de ces mots , *Pœnas dare.* Ce
ne font pas les pechez , *quæ dant Deo pœnas,*
mais les pecheurs : *Rei dant scelerum pœnas.*
Enfin il paraphrafe : *Zelus domus tuæ come-
dit me. Studium ædis tuæ me obrodit* : L'affe-
ction que j'ai pour vôtre maifon me ronge.
Ne met-il point de difference entre l'affe-
ction en general & le zele ? Si cela eft , il eft
le feul homme au monde qui ne les diftin-
gue pas. Et depuis quand *comedere* & *obro-
dere* font-ils fynonymes ? L'un fignifie une
action vive & précipitée ; & l'autre une
action lente & infenfible. D'ailleurs il devoit dire *obrofit* , puifqu'il faifoit fa Paraphrafe fur le Grec : car il y a dans le texte , κατέφαγε, & dans l'Hebreu , אכלתני.

Je craindrois de le chagriner , fi je faifois
un plus long détail de fes fautes ; ce que j'en
ai rapporté fuffit pour lui montrer qu'il devoit être plus modefte , & ne pas reprocher
temerairement à des gens qu'il ne connoît
pas & qu'il n'a jamais vûs , qu'ils ne favent
ni Hebreu , ni Grec , ni Latin , fur tout lorfqu'ils ne lui ont donné nulle occafion de
parler ainfi. Au refte je lui pafferois volontiers , & la bigarrûre grotefque de fon
ftyle , & fes fautes de Grammaire , s'il vouloit rentrer dans lui-même , & reconnoître
de bonne foi que Jefus-Chrift eft véritablement Dieu. Je lui confeille de refondre fa
Paraphrafe & de la rendre Chrétienne. Il
doit cela à l'édification du Public , & à fa
propre réputation.

Page 24. ligne 11. Platonifte. lifez, Platonifme.